W0350516

Corpus Christine

Max Monnehay

Corpus Christine

ROMAN

Albin Michel

À Julien Rizzo

1.

La vie en position horizontale était seule supportable mais s'avérait souvent compliquée. Des actions du quotidien qui paraîtraient anodines aux individus verticaux prenaient pour moi figure de prouesses. Après élaboration d'une stratégie et mise en place des dispositifs adéquats, j'observais une phase de concentration qui pouvait dépasser des temps infinis. L'affaire n'était pas bénigne : c'était de ma survie qu'il s'agissait. Or, incapable de me tenir en position verticale, ne serait-ce qu'un instant, ne serait-ce que courbé, vivre m'était devenu un combat constant contre l'organisation pratique d'un monde conçu pour l'homme debout. Chaque seconde de ma vie, éveillée tant qu'endormie – la teneur de mes rêves ne sortant pas de ce cadre –, chaque seconde de ma vie était consacrée à l'amélioration de ma pénible existence. Et quantité d'idées jaillissaient de mon esprit bouillonnant d'en être ainsi réduit, tel un Robinson de pacotille, à devoir réinventer un confort à portée de main mais inutilisable.

Cette fois-ci la bataille serait rude : il s'agissait de s'emparer d'une légumineuse perchée au dernier étage du réfrigérateur – elle rangeait tout au dernier étage pour me faire enrager –, immense building blanc, flanqué d'un congélateur qui lui m'était encore interdit d'accès. C'était pour cette raison que la garce allait jusqu'à congeler les confitures. Le plan se présentait ainsi : attendre d'être renseigné sur son départ, non par son salut, jamais elle n'aurait cédé à cette politesse, mais par le bruit des clés dans la serrure. L'attente devait se prolonger dix minutes encore, garantissant qu'elle ne viendrait pas rectifier un oubli. Ça y est, les dix minutes sont écoulées, en avant Coco !

Ramper sur le sol était devenu sans que j'aie trop d'efforts à fournir mon système de locomotion unique. Mes mains accrochaient moquette et parquet sans difficulté, mes pieds se courbaient et leurs orteils donnaient l'impulsion. L'appartement était immense, ma progression lente, mais il y avait dans ces expéditions la fièvre de l'entrée en territoire ennemi. Elle savait qu'en son absence je prenais les dispositions nécessaires pour continuer à vivre. Elle haut-perchait tout ce qui pouvait me renseigner sur sa vie privée. Elle fermait à double tour certain placard du living-room, placard qu'un jour particulièrement propice au mépris j'avais tenté de crocheter à l'aide d'un minable canif. Elle avait dû se poiler, la baleine, en découvrant mon forfait. Nous nous étions mariés en mille neuf cent quatre-vingt-douze, amoureux fous, enfants comme jamais, heureux pour toujours. Elle était belle, pâle, déjà un peu forte mais délicieuse. La peau douce. Je caressais cette peau des heures durant, j'en étais fou, elle aurait pu n'être que peau, pores, duvet, cela aurait suffi. Mais elle était aussi une sale petite imposture. Comment était-elle parvenue à masquer sa personnalité des années durant, calquant ses goûts sur les miens, s'extasiant devant ce qu'elle abhorrait, maudissant ce qu'elle adorait. J'aimais un caméléon étendu sur mes désirs. Sa langue se déroulait et endormait l'insecte d'un baiser onctueux. Comme d'autres rêvent d'un punching-ball à cogner, je m'imagine poignardant sans relâche mon matelas, la tête énorme, le bras fou... Quels regrets ! À ceux qui feignent l'absence totale de regrets, je dis : bigre ! avez-vous vu vos oreilles ? Et s'ils persistent, je leur propose de rencontrer ma femme.

Le réfrigérateur s'élève devant moi, mastodonte de l'ère glaciaire. Tout est démesuré d'ici-bas, croyez-moi, et un chien vous paraît Cerbère. Rien ne va plus. Un pied ramené sous moi, le second, et tout s'enchaîne, un flou m'aveugle mais je suis lancé, debout presque, pesant de tout mon poids sur la poignée, pivotant avec elle, mon bras tendu vers le Graal. Le chou-fleur à la main, je m'écrase sur le sol en étouffant un cri de douleur : impossible d'échapper à la rudesse de la chute, et impossible de ne pas chuter. Ce chou-fleur me coûtera un hématome de sa dimension.

Tout ce qui motivait mon être avait flambé dans cette découverte abominable : on ne m'aimait pas. À trop se répéter que la vie ne vaut rien, on finit mal. Au mieux voyou, au pire en miettes. Or, n'étant pas même capable de fracturer un placard, mon destin s'inscrivait automatiquement dans la lignée des obèses qu'on extirpe de leur lit avec un treuil une fois le dernier souffle rendu. J'avais pourtant de quoi les envier, eux du moins s'entouraient de jambes valides à leur service, eux pouvaient vivoter tranquilles, on n'oublierait pas de les nourrir, on ne souhaitait point leur mort. Je pesais quarante-deux kilos. C'est une curiosité que de voir son corps changer à une telle vitesse, on se sent Alice choisissant le côté droit du champignon, Alice réduite en un instant à la taille d'un insecte. Cette peau qu'on imagine épaisse est une pellicule sur nos os, entre les deux, c'est du vent. Les muscles et la graisse, de la mousse dans un sac à main. On est mince, très mince.

On s'emplit pour mieux se vendre. On se nourrit pour avoir l'air vivant, à peu près, comme on engrange des flopées de pensées pas de nous, comme on se gave à l'entonnoir de la culture afin de présenter à la table du souper notre foie, gras à souhait.

La faim ouvre d'autres perspectives. Dans un premier temps on ne pense qu'à elle. Dans la hiérarchie du corps, l'estomac s'impose. Il peste sans arrêt, d'abord en son nom propre, bientôt au nom de tous les organes. Ça hurle à la mort là-dedans, ça s'agite à grand bruit, on se tord pour faire cesser le vacarme, on se mord pour détourner la douleur. Mais on s'habitue à tout. Alors commence à s'agiter la cervelle. Des scénarios de meurtre parfait aux envolées lyriques, je me découvris une imagination d'une fécondité presque effrayante. Mon esprit semblait se dilater d'être habillé d'une enveloppe si fine. Variations infinies sur la vie et la mort, libération des penchants muselés depuis le premier jour, au soleil la vie souterraine des goûts réprimés depuis toujours, au diapason les visions sublimes d'un monde caché et à découvrir. La faim m'a permis de me nourrir. Je lui dois l'imagination qui m'a mis du pain dans la bouche et du plomb dans la tête. Un chou-fleur nourrit son homme, croyez-le. Je le croquai à petites bouchées tout le jour, et quand elle revint, il n'en restait rien. Je la savais dans la cuisine, inspectant comme chaque soir placards et réfrigérateur, devinant par les vides si mon ventre était plein. Nous ne nous étions pas vus depuis des mois, sachant éviter les incidents qui font se retrouver nez à nez la lionne et le buffle. Ce qu'elle avait en tête, je l'ignore. Sans doute savait-elle me haïr de l'avoir démasquée. Sans doute souhaitait-elle ma mort mais était trop lâche pour me la donner. Il lui suffisait de partir en vacances ! Combien de lapins en cage oubliés en juillet et retrouvés fin août à moitié décomposés. Les placards vides, je n'avais pas la moindre chancc.

2.

– Et que penses-tu de celui-ci ?

Je pointais du doigt un tapis de deuxième facture, mal tissé, brassant le jaune et le carmin à donner la nausée à un marin.

– Il ferait bonne impression sur le parquet du salon, répondit-elle, de la manière la plus sérieuse.

Depuis des semaines, je la soumettais à quantité de tests. Elle ignorait tout de mes doutes à son sujet, et je me gardais bien de les lui dévoiler. Pourtant, quand je songe à cette époque de ma vie, je me plais à penser qu'une autre, plus maligne, plus subtile et plus jolie tant qu'à faire, une autre aurait saisi des regards, du faux dans des intonations, du mal assuré dans des gestes, n'importe quoi ! Je n'étais plus le même, et cela, amoureuse, elle l'aurait perçu immédiatement. Nous haïssions tous deux la cuisine japonaise : je me suis mis à me gaver de sushis. Nous avions une peur irraisonnée des chevaux : j'allais chaque samedi risquer ma vie sur le dos de ces stupides bestiaux. Elle s'est mise à adorer le poisson cru et le crottin frais. On était drôles, tous les deux, à nous débattre avec nos baguettes, à nous torturer les reins sur des carnes plus pitoyables qu'effrayantes. J'attendais qu'elle craque mais elle était forte, grands dieux elle tenait bon, et elle souriait comme une demeurée sur son canasson ; cela suffisait parfois à balayer mes doutes, et c'est à ce moment-là que j'avais le plus mal au cul.

Seigneur, je viens de me pisser dessus. Impossible de mettre la main sur ce vieux truc en émail qui me sert d'urinoir, pardon Grand-mère, et comme le gamin plié en deux qui ne trouve pas la lumière, j'ai rendu les armes. Ce n'est pas la première fois que la moquette de ma chambre subit telle agression. J'ai presque honte de rapporter pareilles humiliations, mais il me semble que si je passe sous silence ne serait-ce que le détail le plus insignifiant de cette sale affaire, on ne me croira plus. Alors oui, je pleure dans l'obscurité naissante, le caleçon trempé d'urine, je hoquette à la manière des tout-petits, la morve au nez, et chaque sanglot éteint un peu plus en moi ce qu'il me reste d'instinct de survie.

Le doute était apparu un matin. En serais-je où j'en suis aujourd'hui si ce matin-là, ce matin froid, un matin où rester sous la couette, on le pressent, pourrait nous éviter les pires ennuis, en serais-je où j'en suis si ce matin-là j'avais décidé qu'une grasse matinée était largement méritée ? Ce matin-là, dans la cuisine, ce matin froid, je lui ai proposé d'être mère. Elle savait que je ne voulais pas d'enfants.

Ah, déjà vous m'aimez moins. Il ne voulait pas d'enfant ! Mes quarante-deux kilos, ceux qui vous ont fait tant de peine – avouez-le ! – il y a quelques instants, mes quarante-deux kilos vous semblent un poids finalement acceptable, pour qui ne veut pas d'enfants. Mes quarante-deux kilos, c'est presque si je les mérite !

En dessous d'un mètre vingt de hauteur,

l'humain m'a toujours mis mal à l'aise. Je n'y suis pour rien, enfants et nains me terrorisent davantage qu'un colosse de deux mètres dix, et que le bonhomme soit équipé d'une hache ou d'un couteau de chasse n'y changera rien, c'est dans ses bras que je me jetterai pour échapper au nain. Savais-je déjà que ces gens minuscules me dépasseraient un jour, et de beaucoup ? Je fais trente centimètres. Un enfant de trois ans me tiendrait en respect.

Mes nuits sont pleines de visions effrayantes : des crèches entières fondent sur moi, on me tabasse à coups de hochet, et une armée en couches-culottes, emmenée par un cul-de-jatte dans une poussette, me piétine et achève de faire de moi une carpette. La tête de clown de l'amputé passerait encore s'il n'avait pas ce sourire trop large pour être humain, un sourire jaune, des dents en frangipane. Les gosses ont un marcher militaire qui ne sied guère à leurs petites jambes potelées.

Il est bien clair que même si j'avais voulu, je n'aurais pas pu avoir d'enfant.

Toujours est-il que ce matin-là, ce matin où

rester allongé dans mon lit m'aurait peut-être permis de ne pas l'être en cet instant, je lui proposai d'être mère. Elle non plus ne voulait pas d'enfant.

– Il y a des gens faits pour ça, d'autres non. Une chance que je sache de quelle catégorie je fais partie.

Mais ce matin-là, ce matin où mourir étouffé dans ma couette en plumes d'oie aurait peut-être mieux valu, ce matin-là :

– D'accord.

J'en laissai tomber une planche à découper sur mon pied nu. Heureuse diversion. Aux urgences, tandis qu'elle remplissait un formulaire, je l'observai du fauteuil roulant dans lequel on m'avait intimé l'ordre de patienter. Je ne faisais plus alors qu'un mètre trente. Mauvais signe. J'avais quelques os du pied broyés, mais j'étais trop occupé par cette personne, là, en face, remplissant un formulaire sur un comptoir, une personne que je ne connaissais pas, et mon pied c'est à peine si j'y songeais.

Le doute est un sale petit reptile, une simple morsure au doigt et c'est votre pauvre carcasse entière qui y passe.

Un doute, un seul, un petit comme ce matin-là, ce matin où il aurait mieux valu que la tête d'un Boeing 747 traversât la fenêtre de ma chambre et fît de moi et de ma couette en plumes d'oie de la charpie, un seul doute et c'est votre pauvre confiance entière qui y passe.

– D'accord.

Un mot avait suffi à faire trembler sur son socle tout ce que j'avais édifié depuis des années, un bronze sur un piédestal en mousse. Cette jeune femme au comptoir des urgences, la faïence de ses épaules, la cambrure affolante, la nuque, mon dieu, ce petit creux dans la nuque où le duvet devient doucement chevelure, tout ça me glissait entre les doigts et je n'avais qu'une envie, accrocher mes deux mains à cette chevelure et tirer, tirer jusqu'à ce que je sois certain qu'elle ne m'échappe plus jamais. Les doigts enroulés dans ses cheveux, je l'aurais traînée derrière moi toute la vie, tenue ainsi elle ne pourrait plus répondre « d'accord » impunément et tout foutre en l'air.

Je restai alité deux semaines, le pied immobile, cruel présage à ce qui n'allait plus tarder à m'arriver. Tout ce temps elle fut pour moi une vraie nourrice ; à croire que je ne lui avais pas seulement proposé d'avoir un bébé, mais que ce soit moi qui fasse le bébé. Jamais nous n'évoquâmes ce qui m'avait valu cet alitement. Pas un mot, comme si tout ça n'avait jamais eu lieu. Et j'avoue m'être demandé si je n'avais pas rêvé.

3.

Il doit être près de quatre heures du matin. Je ne suis sûr de rien, l'heure étant un de ces luxes de la civilisation dont je doive me passer. Je me contente de quelques points de repère. Il y a une école maternelle à proximité : huit heures trente, première sonnerie. Deuxième à onze heures trente. Puis treize heures trente et seize heures trente. J'évite de trop songer à cette école, dans laquelle les moins d'un mètre vingt doivent grouiller, je prie seulement pour qu'ils continuent d'ignorer ma peur, les voir débouler dans ma chambre achèverait de me faire perdre la raison. Il y a un type aussi, dans l'immeuble d'en face, qui insulte sa femme, son chien et un certain Billy à son retour du boulot. J'ai calculé qu'à ce moment-là il devait être dix-neuf heures, dix-neuf heures quinze. Le lever et le coucher du soleil, je n'y compte pas trop. Êtes-vous déjà parvenu à voir à quel moment exact le jour faisait place à la nuit ? Il fait carrément jour. Oh, un petit peu moins. Ah, un peu plus sombre. Mais attention, on y voit encore parfaitement. Encore un peu plus sombre, un peu plus encore. Un brin plus sombre. Encore un peu. Encore un peu. Et encore. Fait-il nuit ? Pas du tout ! Et pourtant des dizaines de minutes se sont fourvoyées dans cet entre-deux, c'est pas honnête du tout ça, ces minutes-là elles se tapent un entre-deux de coucher de soleil pour les niais, pour les imbéciles heureux assis deux par deux face au large, le cul enfoncé dans le sable fin, comme deux piqûres d'araignée sur le postérieur d'un type posé sur la cuvette des chiottes. Alors le soleil, qu'il se tire d'un coup ou qu'il aille se faire voir. À se traîner comme ça, il ne m'est d'aucune aide. Et le lever, n'en parlons pas. Si les gens se levaient et se couchaient à cette allure, l'homme passerait la moitié de sa vie assis sur le bord de son lit.

4.

À vue de nez, il doit être quatre heures, quatre heures quinze. Je dors très peu depuis que je passe le plus clair de mon temps dans un lit. J'attends. J'attends le couinement particulier de la porte de la cuisine, j'attends le craquement léger du parquet du couloir, j'attends la respiration irrégulière, parfois, derrière la porte de ma chambre. J'attends le bruit de la chasse d'eau. J'attends ses ronflements. Ses murmures, lorsqu'elle rêve. Ses jurons lorsqu'elle se cogne, seule dans le noir. J'attends son repentir. J'attends qu'elle nous ramène tous deux trois ans en arrière, j'attends qu'elle sauve tout d'un mot comme d'un mot elle a tout détruit. Mais j'attends que marche un cadavre, que parle un chien, que mon nom soit sanctifié et que ma volonté soit faite.

La dernière fois que nous nous sommes croisés – ça devait être l'année dernière, autour du quinze octobre –, nous ne nous étions pas vus depuis plus d'un an. Elle accusait une bonne dizaine de kilos supplémentaires et portait les cheveux courts. Sa peau blanche était toujours aussi douce. Comment le sais-je, pensez-vous ? Mais il suffisait de la voir, cette peau, pour immédiatement savoir qu'elle était douce. Sa vue, sa simple vue provoquait au bout des doigts une sensation irrésistible de suavité, comme la simple vue d'un con entrouvert procure une chaleur humide autour du pénis.

J'étais accroché à la poignée d'un placard de la cuisine, pendouillant lamentablement, un paquet de cubes pour bouillon de poule entre les dents, triste butin, en l'absence de toute volaille. À l'instant où elle poussa la porte de la cuisine, la poignée du placard céda. À l'instant où nos regards stupéfaits se rencontrèrent, cette satanée poignée capitula sous mon poids. Bordel ! je pesais moins que le placard lui-même ! et je m'écrasai, face contre terre, avec un goût de poule au pot dans le bec.

Un type étalé au milieu d'une cuisine, les bras de part et d'autre de son corps décharné, avec au bout de l'un d'eux une poignée en inox. La pauvre tête sur le carrelage glacé, les yeux grands ouverts, immobiles. On cherche les fils qui mènent au marionnettiste. Eh ! Gepetto ! Ton Pinocchio, il a même pas un grand nez ! Eh ! Pauvre cloche ! Ton truc en bois il a même pas l'air vivant ! Sûr ! mon cœur avait cessé de battre et mes paupières de cligner. Elle. Immobilisée dans un mouvement qui la porte vers l'avant, un de ses pieds ne touche pas terre, le menton pointe vers moi, et pour un peu je pourrais tous nous transporter, vous, elle, moi, sur un lac rose de flamants, et changer mon histoire, changer ma vie, vous parler de ce gros volatile qui m'observe, immobile sur sa patte, le bec pointé vers moi, vous parler de l'Afrique et de sa faune volante, de ces gros oiseaux roses qui très haut dans le ciel redonnent vie au pointillisme, vous parler de leur façon de pêcher, d'élever leurs petits, d'être heureux avec trois fois rien, d'aimer la vie, d'aimer aimer. Mais le gros que j'ai devant moi n'a pas l'air ravi de sa condition. Et même il me hurle des insultes.

Le problème, c'est qu'il y a toujours quelqu'un pour l'ouvrir et vous empêcher d'échapper à la réalité.

Vous ne prêteriez pas au diable le vocabulaire qu'elle se mit à me balancer à la tête. Je ne soupçonnais pas de sa part une telle fantaisie. Admirable.

– Espèce de minable petite pourriture de pédale de raclure de merde.

Je t'aime aussi mon amour.

5.

Je pense à ma mère. Je pense à mon père. À mes cousins. À mes collègues. Je ne les ai pas vus depuis trois ans. Je pense à mon banquier, à ma fleuriste, à ma concierge. Je pense au facteur. Je pense au type crasseux qui passait son temps sur le banc du square, un litron toujours à portée de main. Je pense à Rémi, derrière son bar, et à son majeur disparu un beau jour dans un broyeur. Je pense à sa rage de ne plus pouvoir faire de doigt d'honneur de la main droite. À la place il lève l'index, mais on dirait qu'il menace un petit enfant. Je pense à la boulangère et à ses grosses mains à l'hygiène suspecte, et à mon envie de lui demander de me les montrer avant de toucher à mon croissant. Je pense à tous ces gens que j'excluais trop souvent de ma vie alors qu'ils étaient ma vie. Je donnerais un bras pour voir Rémi me faire un index d'honneur. Je pense à ma mère. Pense-t-elle à moi ?

Je n'ai pas la moindre idée de ce que la garce

a pu leur raconter. Il a bien fallu qu'elle justifie ma disparition. Allez savoir si elle n'a pas inventé un accident tragique, organisé mes funérailles, hérité de ma maigre fortune. Je ne vois pas bien de quoi cette femme ne serait pas capable. Peut-être m'a-t-elle accusé d'avoir disparu avec une jeune Anglaise fille au pair, l'abandonnant sans une explication.

– Il a changé de vie parce qu'il ne m'aimait plus, parce qu'il ne nous aimait plus. Il a changé de vie et je parierais même qu'il a changé de nom. On ne le retrouvera pas.

Je la vois sangloter dans le cou de ma mère, se moucher dans son col, serrer fort ses petites mains fripées. Maman ! Elle pourrait lui raconter qu'ayant pris une trop grande inspiration, je me suis envolé à jamais dans les cieux, la pauvrette y croirait. Trop de télé-achat, Maman. Trop de conneries dans les magazines, Maman, trop de réunions Tupperware, trop de réunions Weight Watchers, trop de réunions de n'importe quoi, Maman. Je te l'ai toujours dit. Les réunions ça encrasse la lucidité, Maman. C'est à cause de ces réunions qu'elle est en train de se moucher dans ton col et que tu la laisses faire. C'est à cause de ces réunions que tu pleures ma disparition, que tu jettes une poignée de terre humide sur mon cercueil vide.

6.

J'étais employé par la municipalité. J'avais en charge la sûreté des toits de la ville. Il fallait qu'on ne puisse pas en dégringoler par accident. Qu'un enfant de trois ans abandonné là par ses parents pour j'ignore quelle raison ne puisse escalader un parapet non conforme aux normes de hauteur, de largeur, d'équilibre, et à une quinzaine d'autres critères, dont le plus farfelu m'imposait une vérification systématique de la rugosité du matériau utilisé. Cela signifiait concrètement monter sur la corniche et y traîner le caoutchouc de mes savates sur une dizaine de mètres. La balade aurait dû échoir à l'employé chargé de trimbaler mes instruments de mesure à chacune de mes missions, mais le bougre souffrait d'un tel vertige qu'il refusait farouchement d'approcher à moins de deux mètres du parapet. Il avait menti lors de l'entretien d'embauche, affirmant que son oreille interne était en parfait état – avait-il la moindre idée de ce que pouvait être l'oreille interne ? – peut-être avait-il répondu non, mon oreille interne n'a aucun problème comme on répond oui, bien sûr, je connais ce compositeur, quand on n'a jamais entendu prononcer son nom auparavant. Il y a des gens comme ça qui vous arrachent des mensonges ridicules, et dans ces moments on prie très fort pour que la conversation prenne un autre tour. Je n'avais pas eu le courage de le dénoncer. Le pauvre type pissait dans son froc chaque fois que je jouais au funambule en me foutant de lui, et à faire l'imbécile j'ai bien failli quelquefois passer par-dessus bord. Il en a presque chialé, le con. Voilà. Il nous fallait juste être certains qu'un individu lambda ne puisse basculer dans le vide. À moins qu'on l'y pousse. Mais évidemment dans ce cas précis je n'étais coupable d'aucune faute professionnelle. Je n'étais pas non plus responsable des suicides ayant lieu sur les toits déclarés sûrs, et pourtant j'étais tenu au courant de chacun d'eux. Chaque fois qu'un désespéré faisait le grand saut d'un toit que j'avais visité, j'en étais informé, comme on informe la famille.

– L'équipe médicale a fait tout ce qu'elle a pu, mais l'hémorragie interne était trop importante.

Et qu'il se rate ne changeait rien : le lendemain attendait sur mon bureau un dossier complet sur le suicidaire. Pourquoi, je ne l'ai jamais su. Par crainte de passer pour une ordure insensible, je n'ai jamais osé demander quel rapport ces pauvres ratés éclatés sur le bitume pouvaient bien avoir avec moi.

7.

Quelqu'un que j'aime pourrait mourir, elle ne me préviendrait même pas. Quelqu'un que j'aime est peut-être mort, et je ne le sais pas. L'ignorance imposée est une chose très pénible. Aucune information du monde extérieur ne m'est parvenue en trois ans. Elle a jeté la télévision, bousillé la radio, proscrit la presse écrite. Elle a noyé le téléphone. Elle a condamné les fenêtres.

Elle ne me facilite pas la vie.

Les premiers temps, j'imaginais encore pouvoir trouver le moyen de sortir d'ici. Qu'un beau jour elle négligerait de verrouiller la porte derrière elle. Je me rêvais me traînant dans le couloir, frappant à la porte d'un voisin, longtemps, parce qu'il regarde par le judas et ne voit personne, évidemment, et finalement il ouvre la porte, et je lui raconte tout, la peur, la folie, la faim, et il me prend dans ses bras, me cajole, me rassure, me promet que tout est terminé, plus jamais vous n'aurez à retourner là-bas, elle ne vous fera plus de mal, je vous le jure, très bientôt vous pourrez à nouveau vous mettre debout, elle ne pleurera plus dans le cou de votre mère et Rémi vous fera un index d'honneur.

Jamais elle n'a omis de verrouiller la porte.

C'est un des aspects de sa personnalité qui m'avaient séduit : elle n'est pas du genre à oublier. Elle n'oublie pas les anniversaires. Elle n'oublie pas de payer ses amendes. Et elle n'oublie jamais de fermer la porte. Jamais.

J'ai cessé d'appeler au secours il y a longtemps. Je suis encerclé de sourds. En bas, deux octogénaires remplissent tous les matins leurs poches de lettres de scrabble, et leurs dialogues sont de petits trains jaunes étalés sur leurs paumes. À côté, une danseuse-masseuse-jongleuse malentendante essaie de devenir écrivain. À quoi bon se détruire les cordes vocales. Non, j'ai définitivement abandonné l'idée de me sortir d'ici par moi-même. J'ai reporté mon espoir sur les autres. N'importe qui. Un cambrioleur. Un huissier. Un amant furieux. Elle. Pourquoi pas, après tout ? Elle va bien finir par en avoir marre de cette vie. Elle pourrait mourir ! Sa mort ferait débarquer dans l'appartement sa mère, que je ne connais pas, son père, que je ne connais pas non plus, ses sœurs que je n'ai jamais vues... Nom de dieu ! Elle m'a toujours dit être fâchée avec sa famille, mais ces gens-là existent-ils vraiment ? Comment n'ai-je pas supputé une seconde qu'elle avait pu aussi mentir là-dessus ? Qui est cette femme ? Misère, qui, qui, qui ? Cette femme est ma femme. Madame ma femme. Une sacrée salope, votre femme, monsieur. Oui, merci, je lui dirai la prochaine fois que je la croise.

Je l'ai croisée ! Je viens de la croiser ! Nous sommes en avril – je crois – et j'ai croisé ma femme. Disons plutôt qu'elle m'a surpris la tête dans le bidet. Eh ! il faut bien que je me lave, et pensez-vous que la pomme de douche soit à ma portée ? Bordel ! je défèque dans une boîte ! Pardon, pardon, vous oubliez, ça vous sort de la tête, je ne peux pas vous en vouloir. Un type comme moi reste assez rare, je veux bien l'admettre. Je vais faire le nécessaire pour que vous n'oubliiez plus mon état physique, je vous le garantis.

JE VIS ALLONGÉ PAR TERRE ! Fourrez-vous ça dans le crâne, les gars, ou bien stoppez immédiatement votre lecture, parce qu'elle n'a aucun sens si vous n'êtes pas un brin attentifs.

Alors oui, j'avais la tête dans le bidet ; et c'est déjà un effort surhumain que de m'élever jusque-là. Elle est entrée sans bruit, m'a regardé une seconde, une seule petite seconde ses yeux bleus se sont posés sur moi, mais il y avait dans cette petite seconde de ces yeux bleus deux mille ans de haine pour l'homme, une éternité de dégoût pour moi. Qu'a-t-on fait à ma petite chérie ? Quel oncle l'a violée, quel camarade battue, quel salaud trompée, quel ami trahie ? Qu'a-t-elle enduré, ma douce, ma brebis, a-t-elle grandi dans une cave noire et humide, a-t-elle dormi avec les rats, a-t-elle dû se nourrir d'araignées ? Criait-elle à l'aide comme j'ai crié, pleurait-elle dans son urine comme j'ai pleuré ? Mon amour, on a dû t'en faire du mal pour que tu te venges ainsi. Mon amour, tu te trompes, ce n'est pas moi qui t'ai battue, je ne t'ai pas violée, je ne t'ai pas séquestrée. Mon amour, regarde en arrière, t'ai-je jamais fait souffrir ? Je ne suis pas l'oncle qui promenait ses grosses pattes sur toi, je ne suis pas le camarade qui bourrait ton petit corps de coups de pied, je ne suis pas le rat qui te grignotait les orteils. Je suis le type qui t'a offert sa vie, le type qui t'a dit tiens, prends mon cœur, cajole-le, caresse-le, ou piétine-le, fais-en ce que tu veux, il est à toi. Et tu l'as piétiné, sale garce. Tu prends tout au pied de la lettre. C'était qu'une façon de parler, tu sais.

Si son regard s'était prolongé, je serais mort par noyade dans un bidet. J'ai réintégré ma chambre et je me suis masturbé. Pour la première fois depuis trois ans. En pensant à elle. Elle a encore pris sept ou huit kilos, et je me suis branlé en pensant à son cul comme la Géode.

8.

Ce n'était pas supposé se passer ainsi. Ma vie n'était pas supposée se passer ainsi. L'injustice est flagrante. La volonté de Dieu ? Je vous en prie. Le destin ? mouais. Alors quoi, le hasard ? Des tarées comme elle, ça ne court pas les rues. Le jour où je l'ai rencontrée, elle courait dans la mienne, de rue. Elle courait comme une fille qui ne court jamais, à tout petits pas, écrasée par la douleur d'un point de côté, sans savoir où elle allait. On avait envie de lui demander où était sa maman. Je me suis mis à courir derrière elle. À tout petits pas. Sans savoir où j'allais. Et j'espérais un point de côté. Je priais pour plier comme elle sous la douleur, et si elle s'était abîmé les genoux en chutant, j'aurais écorché les miens sur le même trottoir, et si en traversant le carrefour une voiture l'avait fauchée, j'aurais traversé le même carrefour, mais les yeux fermés, histoire de mettre toutes les chances de mon côté. Quand elle s'est mise à tousser, j'ai presque eu mal à la gorge.

Je courais derrière elle, et c'est comme ça que je suis d'abord tombé amoureux de sa nuque. Puis je suis tombé amoureux des petites fossettes que fait le bras tendu au niveau du coude. Ensuite ça a été le creux du genou, qui disparaissait à chaque foulée pour réapparaître la foulée suivante, exhibant deux sillons irrésistibles, des guillemets clignotant autour d'un entrejambe qui valait toutes les citations du monde. C'est bien plus tard que je fus séduit par son cul. Mais ce jour-là, juste au-dessus de ses fesses, entre l'élastique de son short et le bas de son tee-shirt un peu court, il y avait ces deux petits creux qui marquent les reins de certaines femmes comme un poinçon les bijoux de valeur.

Finalement je n'ai d'abord aimé que ses creux. Finalement je n'ai d'abord aimé que de l'air. Du vent. Du rien. Je suis tombé amoureux du vide.

Je n'ai jamais été sensible aux signes.

Elle s'est arrêtée devant un immeuble. Elle a tourné la tête. Elle m'a regardé une seconde, une seule petite seconde ses yeux se sont posés sur moi, mais il y avait dans cette petite seconde de ces yeux bleus deux mille ans de compassion pour l'homme, une éternité d'amour pour moi. Si son regard s'était prolongé, je serais mort d'amour sur un trottoir.

Je suis rentré chez moi et je me suis masturbé. En pensant à elle. Elle était la plus belle femme du monde et je me suis branlé en pensant à tous les petits creux de son corps comme autant de jardins suspendus.

9.

Dieu que j'ai faim. La garce n'a pas mis le nez dehors du week-end. Je n'avais pour toute réserve que quelques vieilles tranches de pain de mie. Un fois ôtés les bouts moisis, le festin était limité. Deux jours et trois nuits sans rien grailler, c'est long. Très long. Il y a encore quelques semaines, j'aurais pu tenter une sortie nocturne, mais il n'est pas rare désormais qu'elle investisse la cuisine trois ou quatre fois par nuit. Et je ne veux plus de son regard sur moi. Chacune de nos rencontres me diminue un peu plus, je le sens bien. Je sens que chaque fois c'est un peu de ma raison qui s'évapore, mais je ne suis pas fou, je le vois bien, je ne suis pas fou, pas encore. C'est une malade, bien sûr, un véritable monstre ! Pourtant sa vue ébranle mes convictions. Et quand mon cerveau projette sur le mur blanc les images floues des endroits où nous nous sommes aimés, quand mon sexe se dresse et demande un étendard à la gloire de nos longues extases, quand je perçois l'écho de sa voix, l'écho que me renvoie l'année de mes vingt-deux ans, ses mots à elle pour me dire : je vous veux, toi et tous ceux que tu deviendras, eh bien merde ! oui, je doute, je doute et j'aime ça, car pendant un instant je bois au goulot et les yeux fermés ce qu'aurait dû être ma vie, une belle vie.

Une belle vie. J'attends que ma femme parte au boulot pour dérober de quoi ne pas crever de faim. Une belle vie. J'attends le bruit de la clé dans la serrure pour aller vider ma boîte pleine de merde dans des chiottes cinq fois plus hautes que moi. Une belle vie.

La cloche de l'école a retenti il y a bien vingt minutes. T'es en retard, ma vieille. C'est pas ton genre. Qu'est-ce qu'il y a, t'as plus rien à te mettre ? C'est normal, connasse, tu feras pas rentrer tes gigots dans du trente-huit ! Fallait y penser, quand cette nuit tu t'empiffrais pour deux. Tu bouffes pour toi et pour moi, et du coup tu fais deux fois mon poids. Logique.

Toujours aucun bruit. On est pourtant lundi, non ? J'ai beau calculer encore et encore, on est lundi, sûr, on est lundi. Pas de catastrophe climatique si j'en juge par les rayons de soleil qui rencontrent les taches de pisse étoilant ma moquette. Pas de grève des fonctionnaires si j'en crois les piaillements des cent cinquante gamins de l'école maternelle. Pas de tremblement de terre. Pas d'astéroïde tombé sur la ville. Pas d'attaque inopinée de méchants petits hommes verts avides de conquêtes intergalactiques, parce que là, quand même, je pense qu'elle aurait la décence de m'avertir. La guerre ? Parfait. La guerre ! Je suis à vous, ennemi. Insultez-moi et mon oreille vibrera sous les mots doux, torturez-moi et ma peau frissonnera sous les caresses, et vos crachats à ma figure auront la douceur des baisers des jeunes Anglaises qui soulèvent les jupes de leur uniforme pour rendre fous ces jeunes idiots qui ne connaissent pas leur chance.

C'en est fait de moi : elle est malade.

L'oreille collée à la porte, je l'ai écoutée vomir pendant près d'un quart d'heure. Quel gâchis ! Avec les vitamines, minéraux, oligo-éléments, glucides, lipides, protides qu'elle vient d'envoyer dans le gros intestin de l'immeuble, on aurait pu remettre sur pied la population d'un petit État d'Afrique noire. On aurait pu me remettre sur pied. Vomir devrait tomber sous le coup de la loi. Vomir est une offense de la moitié replète de la planète faite à l'autre moitié. Une crise de foie devrait être passible d'une amende et la boulimie de prison ferme.

Il y a des râles qui ne trompent pas : elle a souffert, et doublement. D'abord parce qu'il n'est guère aisé d'extraire de son estomac plusieurs kilos de denrées ingérées en quelques heures. Et parce qu'il est certainement très désagréable d'imaginer que son pire ennemi jubile à chacun de ses vomissements, applaudit à chacun de ses sanglots. Mais je n'ai pas applaudi. Oh non. Je ne trouvais pas ça drôle du tout. De la salle de bains émanaient des sons contre nature, une symphonie en glaire majeure, un opéra liquide à faire pâlir d'effroi la plus inécoutable des furies québécoises vociférant sur nos ondes. C'était à rendre sourds tous les voisins, s'ils ne l'avaient déjà été. Combien de temps va-t-elle être malade ? Combien de temps ? Les jours sont longs quand on a faim. Chaque seconde sonne comme un pas de plus vers la mort, alors une simple minute écoulée devient la chose la plus angoissante du monde. Et si elle garde la chambre une semaine ? Comment je fais, moi ? Je me coupe les orteils et je m'offre un barbecue ? J'appelle la réception et je me commande un petit déjeuner continental ? J'envoie un pigeon voyageur chez Speed Rabbit Pizza ? Mon estomac a la taille et les bonds d'une sauterelle, j'ai parfois l'impression qu'il essaye de se nourrir de mes propres entrailles, le fumier, et lorsque je lui donne des coups pour le calmer, je l'entends grogner de rage. Il va me bouffer de l'intérieur, un de ces jours. Est-ce qu'un bout de papier peint te ferait plaisir ? Des plumes, des plumes d'édredon, c'est animal, ça, c'est peut-être bourré de protéines ces choses-là, va savoir.

Il va falloir que je sorte. Il va falloir que j'organise une expédition dans cette satanée cuisine si je ne veux pas finir comme une peau de bête sur le sol de mon propre appartement. Si vous ôtiez les os de mon corps, j'aurais l'épaisseur d'une peau de zèbre sur un parquet. Tu vas sortir et il est fort possible qu'elle te tombe dessus. Si vous tapiez sur mes côtes, vous feriez un boucan d'enfer, vous pouvez me croire. Elle va poser sur toi ses yeux flamboyant de haine, elle va t'envoyer à la figure tout un tas d'injures, elle va peut-être même t'expédier dans le bas-ventre un bon coup de pied, elle n'aura pas à lever haut la jambe. S'il vous prenait l'envie de me marcher dessus, vous n'auriez pas à lever haut la jambe, vous non plus. Mais le coup de pied, je m'en fiche, c'est le regard qui me pétrifie. Vous ne pouvez pas savoir ce que c'est. C'est bleu, c'est dur, c'est froid comme le marbre d'une pierre tombale et terrifiant comme ce qu'il peut y avoir dessous. C'est à vous faire souhaiter d'y être déjà, sous la pierre tombale.

10.

Elle courait trois fois par semaine. De plus en plus vite. De plus en plus longtemps. Ses longues foulées dévoraient des kilomètres d'asphalte mouillé, sa respiration avait la régularité du souffle du félin en territoire conquis – j'ai vu des passants se retourner d'effroi – et ils étaient loin l'essoufflement de l'animal traqué, les hésitations sur le bord des trottoirs glissants, les écarts pour ne pas heurter les citadins qui ne la voyaient pas. Ils la voyaient tous, à présent, et même ils s'arrêtaient pour la regarder, jusqu'à ce qu'elle disparaisse au coin de la rue, comme on attend que le danger soit hors de vue pour poursuivre sa route. Je vous assure qu'elle était effrayante d'assurance. Je l'ai vue frémir de plaisir lorsqu'il lui arrivait de battre ses propres records. Je l'ai entendue soupirer de contentement lorsqu'elle parvenait à distancer un joggeur confirmé, et ces curiosités affublées de Lycra violet n'en croyaient pas leurs yeux de voir un petit cul dans un short de plage immaculé leur rire au nez. Des fourmis dans les jambes et les baskets aux pieds, la tête me tournait à fixer des heures durant l'angle de l'immeuble que j'apercevais de ma fenêtre et d'où elle pouvait surgir à chaque instant, et quand elle apparaissait enfin, je me jetais dans les escaliers, trop peur qu'elle disparaisse, trop besoin de suivre les petits creux qui me rendaient fou. Elle faisait semblant d'ignorer mon manège, assez puéril, je le concède, un vrai truc d'attardé, pourtant avant de disparaître dans la cour de son immeuble, son regard bleu se faisait chaud, enivrant, du curaçao sur de la braise, et c'est sur moi qu'il se posait, et c'est moi qu'il liquéfiait, et c'était moi le crétin qui souriait en penchant la tête, rien à faire, un geste incontrôlable d'ensorcelé.

Toute autre qu'elle aurait averti la police.

– Allô ? Le commissariat ? Il y a un type bizarre qui me suit quand je fais mon jogging.

– Vous portez un short ?

– Oui.

– Eh bien, portez un survêtement, mademoiselle.

Mais elle n'avait pas peur. Je n'étais pas le chasseur. Elle n'était pas la proie. Non, je pense qu'au moment précis où je me suis mis à courir derrière elle, c'est elle qui s'est mise à courir derrière moi. Je suis devenu la proie. Bon Dieu, à quoi sert de prendre conscience de la réalité quand il est déjà trop tard ! Touiller ma cervelle afin d'y localiser les grumeaux, remuer le souvenir, comment ne pas le faire, c'est toute l'activité à laquelle il m'est encore offert de participer. Mon sport. Mon hobby. Mon bingo à moi. J'annonce le... 26 ! Bingo ! C'est l'âge que j'avais lorsqu'elle a essayé de me faire perdre du poids. Je n'avais pas un poil de graisse, mais elle voulait déjà m'affamer. J'annonce le... 13 !

Bingo ! 13 juillet 1992. En haut des marches de l'église, elle s'est arrêtée, m'a souri et m'a prévenu que je pouvais bien essayer de la quitter, elle ne me laisserait jamais partir. Jamais. Penser à l'érection que j'ai eue à cet instant me donne envie de me trancher un engin qui ne m'est plus guère utile.

J'ai couru derrière elle pendant des semaines. J'avais vingt ans et j'étais le garçon le plus amoureux du monde. Et puis je suis parti en vacances chez un ami irlandais qui promettait d'apaiser mon obsession. Je l'emmenais courir dans le matin glacé, et j'insistais pour qu'il coure derrière moi, parce que devant c'était elle que je voyais courir, pas besoin de fermer les yeux, je la voyais mieux que si elle avait vraiment été là, dévalant les chemins boueux, sautant par-dessus les monticules de tourbe, se retournant parfois vers moi, les yeux humides et un petit nuage blanc cousu à ses lèvres gercées, et le ciel pouvait être gris si ça lui chantait, j'étais définitivement empoisonné par le bleu de son regard.

Le matin de mon retour. Yeux mi-clos de

fatigue et de Guinness. Baskets encore maculées de terre et de tourbe. Le rebord de ma fenêtre, mes yeux piquent et pleurent, ils n'en peuvent plus de ce foutu angle de rue que je les contrains à fixer, et c'est à peine si j'ose cligner des paupières tant j'ai peur de la louper, elle court si vite, attentif, reste attentif. Mais elle n'a pas couru ce matin-là. Ni le suivant. Ni celui d'après. Elle ne courait plus dans ma rue. J'ai attendu une semaine, debout à six heures, manquant les cours, craignant un déménagement, un accident, une pneumonie. Une rencontre.

Le septième jour, j'ai couru jusqu'à son immeuble, en proie à une angoisse totalement inédite, la certitude que j'allais passer ma vie à l'attendre ici même, sans plus jamais l'apercevoir, et qu'on écrirait des articles sur ce type debout devant un porche et qui ne parle pas mais sursaute dès que la porte s'ouvre, et pleure dès qu'il voit qui a ouvert la porte. Je me savais capable d'être ce type. C'est parce que j'ai eu peur d'attendre toute la vie que je suis entré derrière une vieille dame qui a composé le code, pas par courage, oh non, je me pissais dessus à l'idée de ce que je pouvais faire de stupide pour cette fille. Je me suis précipité derrière cette vieille femme, un peu trop vite peut-être, parce qu'elle m'a demandé qui je connaissais ici, j'ai dit la fille qui court, elle m'a dit oh celle-là, j'ai dit oui, elle a dit bien. Nous sommes restés face à face, et son visage à cet instant semblait avoir vingt ans. Elle s'est approchée sans un mot et a désigné du doigt un appartement du deuxième étage. Et j'ai vu dans ses yeux l'homme qu'elle avait aimé, j'ai vu un bal dans une salle de quartier, des fleurs en tissu, des nappes tachées de punch, j'ai vu la robe qu'elle portait quand il s'est approché d'elle, j'ai senti le parfum qu'exhalait sa peau de jeune fille émue, j'ai dansé avec eux la première danse, j'ai entendu ce garçon lui demander sa main un soir d'hiver, je crois qu'il neigeait et qu'elle avait froid, mais je crois aussi qu'elle s'en fichait. Quand elle a désigné du doigt l'appartement, je savais qu'elle aussi revoyait les fleurs en tissu et la robe un peu vieille qu'elle avait un peu honte de porter, et la neige qui voulait jouer les décorateurs de cinéma, elle voulait tomber au bon moment, la neige, au moment de la demande, comme le type au violon qui va de table en table et croit qu'il participe au bonheur des couples.

11.

Faim. J'ai faim. J'ai si faim que je pourrais manger ma femme. Il est à peu près cinq heures du matin et elle n'a pas mis le nez hors de sa chambre. J'ai brossé mes cheveux longs, enfilé mon survêtement le moins sale, dépoussiéré ma barbe. Lissé mes sourcils, décrassé mes ongles. Reniflé mes aisselles. Tarzan prêt à entrer dans le monde. Si par malchance je la croise, je veux lui plaire. Ou simplement ne pas lui déplaire. Ne pas... Je ne la croiserai pas.

Je ne l'ai pas croisée ! J'ai sous les ongles le bois du parquet, la sueur réunit les poils de mes aisselles en petits paquets rigides et mes cheveux sont couverts de gras de poulet. Mais je ne l'ai pas croisée. Dans cette obscurité, c'était comme si quelqu'un agissait à ma place, comme si ne rien voir impliquait que rien n'avait lieu, ce n'était pas moi qui me traînais péniblement sur le carrelage glacé, pas moi qui m'accrochais aux poignées des placards, pas moi qui retombais en étouffant un cri de douleur. C'était quelqu'un que j'avais engagé pour prendre les risques à ma place, et il n'avait pas la frousse, le type, du tout, puisque ce n'était pas sa femme à lui qui risquait de débouler à tout moment, puisqu'il ne craignait pas le regard bleu, lui, il était juste en mission, presque une mission de routine, un travail comme un autre, un sauvetage de plus. Ah ! Ah ! Si c'est ça la solution pour ne plus mourir de trouille, je vais devenir dix, cent, mille ! Un pour la bouffe, un pour la toilette, un pour la boîte pleine de merde, un pour fabriquer les bombes, un pour les poser sous son lit, un pour l'étrangler, un pour la poignarder, un pour la démembrer, et le plus vigoureux de tous lui défoncera le cul jusqu'à ce qu'elle crève de fatigue et de douleur.

Voyons voir un peu ce que je nous ai déniché :

– Deux cuisses de poulet.

– Un fond de pot de cornichons.

– Un reste de spaghettis.

– Un pot de moutarde.

– Un sachet de sauce poivre vert déshydratée.

Jamais récolte en trois ans n'a été meilleure. Je plonge mes doigts dans le pot de moutarde avec délectation, je malaxe, je touille, mais je racle le bord avant de les ressortir, il faut économiser, É-CO-NO-MI-SER. Les cuisses de poulet que j'ai fourrées à même mes poches dégueulasses sont pleines de poils, de poussières et miettes de toutes sortes, mais elles me semblent les cuisses les plus désirables du monde, et je les nettoie de leurs souillures avec ma langue comme la mère son chaton juste né. Si je m'écoutais, je m'offrirais le festin du siècle. Mais je ne suis pas encore assez fou pour ça. Je ne vais grignoter qu'une demi-cuisse avec un peu de moutarde. Demi-cuisse, demi-cuisse, demi-cuisse, spaghettis, spaghettis, moutarde, moutarde, moutarde, moutarde, moutarde, cornichons, cornichons, cornichons, sauce, sauce. Ça nous fait du quinze jours.

C'est stupide. Elle ne va pas rester au lit quinze jours. Et même, l'expédition de cette nuit s'est révélée tellement simple, elle est réitérative à souhait. À quoi bon me priver, il est certain désormais que je suis hors de danger. Oui, hors de danger. Je suis hors de danger.

J'ai tout boulotté. Poulet, moutarde, cornichons, spaghettis et sauce. Tout. J'ai suçoté les mèches de mes cheveux imbibés du gras qui m'a coulé dessus dans mon combat avec le réfrigérateur. J'ai mal au cœur. Les yeux qui pleurent. C'est cette saleté de sauce au poivre en poudre, une ignominie ce truc, un ersatz de poil à gratter. Enfin. Il ne s'agit plus de refaire ce qui est fait. Voilà. Merde. Je crois que j'ai fait une connerie. Ce n'était pas véritablement ce qu'on peut appeler un festin. Je n'avais pas songé que la moutarde ingérée en grande quantité pouvait attaquer un estomac fragile. Et ne peut-il pas éclater ? Laisse-t-on se goinfrer au premier repas un affamé qu'on sort de la misère ? Une phase d'adaptation n'est-elle pas nécessaire ? Grands dieux, je vais exploser comme une outre trop pleine, et il y aura du poulet sauce au poivre partout sur les murs.

12.

Cinq ans. Dans mon lit les peluches ont plus de place que moi : un zoo entier squatte ma couche en toute innocence. J'ai un éléphant sur le visage et un lémurien sous les fesses. Maman a laissé la fenêtre grande ouverte et j'ai froid. Mais cela m'est égal. Parce que j'ai bien plus peur que je n'ai froid. Je fais semblant de dormir, je m'entraîne à ne pas bouger les paupières, car s'il existe un dernier espoir, c'est là qu'il réside. Comment font-ils, ces acteurs qui jouent les morts et les endormis, jamais la paupière ne tressaute, c'est angoissant d'immobilité, il doit y avoir un truc. Si je pouvais le connaître, le truc. Faire le mort. Juste une nuit. Je redoute le craquement léger du parquet du couloir, et la respiration irrégulière derrière la porte. Le grincement à peine perceptible de la petite poignée bleue. Ça se passe toujours de la même manière : il s'agenouille au pied de mon lit et me regarde longtemps, et parfois je me dis qu'il va seulement rester là à m'observer et ne rien faire d'autre. Je serre les poings pour ne pas pleurer, je me concentre sur mes paupières, j'essaye de faire le mort. Je voudrais être mort. Maman m'a parlé de l'Enfer en termes assez rebutants, et pourtant tout vaut mieux que d'être ici et maintenant. C'est quand il soulève doucement la couverture qu'invariablement mes larmes se mettent à couler. Alors il se met à murmurer des mots qui sentent le vin et le malheur, et ses mains poisseuses et hésitantes me cherchent sous les draps. Il enfouit sa tête dans mon cou et soudain se met à pleurer lui aussi, comme on peut pleurer quand on sait qu'on bousille le fruit de sa chair, qu'on le condamne à la peur, à la haine et à la souffrance pour la vie entière. Il pleure et murmure :

Rien ! Il ne murmure rien ! Quelle affligeante crédulité ! Nom de dieu ! C'est donc ça que vous voulez, hein ! Ce que je vis ne vous suffit pas ! Non, ne niez pas, je vous en prie, je sais que vous étiez pendus à mes lèvres, avides de détails morbides, bien plus touchés par le calvaire de ce gosse que par le mien, qui n'est rien, dites-le, une piqûre d'abeille, un ongle arraché, rien, rien du tout, et même vous commenciez à vous emmerder sérieusement, mais pourquoi se sent-il obligé de nous décrire ses brûlures d'estomac ? Quand va-t-il cesser de se plaindre, à la fin ? Va-t-il crever, qu'on en finisse ! Vous vous êtes fait avoir, et c'est là ma seule consolation. Vous êtes tellement prévisibles, gavés comme vous l'êtes de littérature à scandale, d'autobiographies de patineuses artistiques violées à l'adolescence, de récits de comédiens qui ont dit adieu à la drogue, concoctés par des nègres qui font d'une chute accidentelle dans un escalier une tentative d'homicide.

Je vous engueule parce que j'en ai besoin. Mais je vous engueule dans le vide, un vide affreux, car je n'engueule personne, vous n'êtes pas là, vous êtes dans vos petits appartements proprets, en train de border vos enfants, de regarder la télévision, de faire l'amour, la vaisselle, la sieste, vous êtes dans mon immeuble, dans celui d'à côté, dans celui d'en face, vous êtes dans ma rue, dans ma ville, dans mon monde. Vous êtes dans mon monde et vous ne faites rien ! Rien. Alors soyez indulgents avec moi comme je le suis avec vous. Je vous engueule parce que vous êtes de pauvres petits hommes heureux. Je ne suis pas un homme heureux. Je ne suis presque plus un homme.

13.

Vous imaginez bien que je n'ai pas osé monter. Aux fenêtres de l'appartement que m'avait désigné la vieille dame étaient suspendus d'étranges rideaux de velours rose, où la couleur par endroits semblait passée. Je suis resté debout dans un coin de la cour pendant des heures, tellement immobile et droit que la concierge qui arrosait les pieds des plantes a arrosé les miens au passage. Je n'ai pas bronché et ai passé encore une heure sans remuer, au centre d'une flaque, saluant d'un signe de tête les rares locataires de l'immeuble qui remarquaient ma présence. Plusieurs sont passés devant moi une seconde fois, et le regard qu'ils m'ont lancé alors était clair : on se méfiait de moi. Vous avez beau vous faire le plus petit possible, dans le lieu le plus commun qui soit, l'immobilité et le désœuvrement ont quelque chose d'immédiatement suspect. On a vite fait de faire de vous un pervers ou un cambrioleur. Lorsque la nuit est tombée, les fenêtres se sont éclairées les unes après les autres, certains stores se sont baissés, des rideaux se sont fermés, et cette chorégraphie urbaine aurait eu raison de moi si je n'avais aperçu le profil fébrile de la vieille dame, au premier étage, qui esquissait d'improbables pas de danse dans une robe trop étroite, une robe un peu ridicule, une robe de bal.

– Vous n'avez pas froid ?

D'où venait-elle ? Aucun claquement de porte, aucun bruit de pas ou frottement d'étoffe. Rien. Apparue à côté de moi comme un deus ex machina.

– Non... Un peu.

Elle fixait la flaque à mes pieds et, un instant, je crus mourir à l'idée qu'elle y voyait peut-être l'urine de la peur.

– La gardienne. Elle m'a pris pour une plante.

– Ah... Ça lui arrive. Elle a déjà essayé de tailler le facteur.

Dire un truc intelligent, vite, un truc fin, subtil, drôle si possible, un truc qui ait l'air d'une citation, le bon mot qu'on mâchouille encore vingt ans après dans les dimanches en famille, la devise qu'on épingle dans l'entrée et qui fait sourire les visiteurs.

– C'est toujours la même chose avec les facteurs.

Il y a des instants dans la vie où vous êtes

certain qu'en vous crèche un autre, un débile, un type aigri de n'avoir pas son corps à lui et qui prend parfois le dessus et fait sienne votre bouche pour vous gâcher la vie. C'est finalement assez rassurant d'imaginer que c'est ce type qui parle. Mais ça ne change rien, il a parlé haut et fort, elle a bien entendu, et maintenant il faudra vivre avec ça.

14.

Ma mère était une très belle femme, de celles dont on dit : elle doit être idiote. On n'avait pas tout à fait tort. Mais elle était celle qui fait grimacer de jalousie les autres mères à la sortie de l'école, le fantasme qui réveille un désir inédit la nuit sous les couvertures des copains, la cliente pour laquelle se brouillent les vendeurs, la patiente qui ne connaît pas les salles d'attente. La meilleure mère qui soit pour un gosse de dix ans. Ce qui en faisait un être adorable, c'est que son pouvoir échappait absolument à sa conscience. Elle était persuadée qu'on se comportait avec elle comme avec le reste du monde, et qu'une table libre dans un grand restaurant était le fruit du hasard. Tous les hommes désiraient ma mère, toutes les femmes désiraient être ma mère. Une mort prématurée aurait fait d'elle une martyre. Un accident d'avion dans le Pacifique, une légende. Aujourd'hui ma mère est une petite fille ridée qui pleure la disparition de son fils unique.

Comme je t'aime Maman. Je t'aime comme ma propre fille.

J'étais bien fagoté, petit. Un peu trop à mon goût, et du flirt quotidien de mes pantalons avec un certain couteau de poche naissaient des trous trop nets pour être honnêtes. Il n'était pas rare que je me frotte le dos sur les murs en plâtre avant d'entrer en classe, et j'avais l'air d'un voleur de gâteaux pris la main dans la farine. Ma mère était bien trop naïve pour flairer la manigance. Elle réclamait les détails de la chute, s'extasiait devant le miracle de mes genoux intacts. Mon père manquait trop de curiosité pour que ma maladresse lui parût suspecte. Il se contentait d'émettre un long sifflement qui dégringolait sur trois octaves et mourait à la naissance du double menton. Parfois, il y accrochait un conseil :

– Tu ferais mieux de ramper, gamin. Tu éviterais les chutes et on te récupérerait dans le même état.

Il y a des souvenirs qui vous obsèdent sans que vous sachiez vraiment pourquoi.

Jusqu'au jour où vous vous mettez effectivement à ramper.

15.

Bien sûr que j'ai songé à envoyer des S.O.S ! Qui croyez-vous donc que je sois ? Un demeuré qui trouve le matériau nécessaire pour vous ennuyer des heures durant avec le récit de sa survie et ne pense pas une seconde qu'une feuille de papier peut devenir un avion, un appel au secours placardé sur une vitre, des boules de feu tombant sur le trottoir. Une rame de papier une brique sur la tête des passants, un attentat contre un landau, un pavé sur un agent de police. Concevez-vous le potentiel d'une chaise qui vole par la fenêtre ? Un radiateur électrique qui s'écrase sur une vieille dame, il est certain qu'on s'interroge sur l'identité de son expéditeur. Lorsqu'une lampe de chevet télescope votre caniche en train de se soulager tranquillement dans le caniveau, j'imagine que vous ne continuez pas votre chemin comme si de rien n'était, traînant au bout de votre laisse un poids mort. On lève les yeux vers les fenêtres quand on voit atterrir à ses pieds un bureau en marbre, on appelle les flics, on porte plainte pour tentative d'assassinat. On cherche et on trouve le coupable. On le trouve à moitié mort de faim dans une chambre qui sent la merde et le désespoir, et s'il est arrêté, s'il termine ses jours en prison, bon dieu ce sera presque bon, et le sang versé sur le macadam aura empêché un homme de sombrer dans la folie.

Le problème, c'est que ce qui semble une évidence pour vous ne l'est pas pour moi : je ne suis pas même capable d'ouvrir la fenêtre, alors adieu veau, vache, cochon, papier, chaise, bureau, radiateur. Adieu landau, gardien de la paix, petite vieille. Adieu prison. Adieu liberté.

J'ai passé des heures entières à fixer cette poignée de fenêtre, comme on scrute les yeux des jurés qui vont décider de votre avenir, des nuits complètes à imaginer comment l'atteindre. Je crois avoir épuisé toutes les possibilités. Le jour où je me suis surpris à essayer de la faire pivoter par la force de mon esprit, j'ai compris qu'il était nécessaire que je renonce. J'ai rêvé la mort d'un architecte enterré depuis plus de deux cents ans. Les dix centimètres en trop, les dix centimètres qui me séparent de ma libération, je les lui ai ôtés cent fois de son propre corps, et je me suis attaché à ôter les meilleurs...

On se venge comme on peut.

On tabasse l'amant furieux qui ne défonce pas la porte, on démembre l'huissier qui ne vient pas saisir les meubles, on dépèce le cambrioleur qui a choisi une autre adresse.

On atomise l'espèce humaine qui accepte votre disparition.

La bombe nucléaire qu'on fourre au centre de la terre changera la face de l'univers, c'est certain.

16.

Combien de temps doit-il s'écouler pour qu'un individu soit déclaré mort ? Suis-je déjà un cadavre sur le papier ? Pensez bien qu'il y a peut-être à la mairie un certificat de décès à mon nom. Si je sors d'ici, j'en ferai autant de copies qu'il y a de naïfs qui ont imaginé ma carcasse en décomposition dans la pampa et je les leur ferai bouffer pour qu'ils sentent jusqu'au fond de leur gorge que je suis bien vivant.

Je porterai plainte contre la police de ce pays qui n'a pas même eu l'esprit de venir jeter un coup d'œil au domicile du disparu.

Je déboulerai chez les épouses de tous les disparus du monde et j'exigerai qu'on me montre le bureau. Le dressing-room. Le grenier. Et si tous les placards sont vides eux aussi, alors seulement je consentirai à partir. Mais sans présenter d'excuses, il s'entend, car je n'aurai pas été jusqu'à soulever les tapis à la recherche d'une trappe ouvrant sur une cave humide et méphitique, ni n'aurai tapoté les os de mes phalanges contre les murs à l'affût d'une résonance suspecte. Je ne partirai de là qu'avec une certitude : ma femme n'était qu'un amateur.

On me surprendra sur le toit des maisons des parents d'enfants disparus, et je prétexterai une déformation professionnelle :

– C'est mon métier, vous savez. Et si un enfant grimpe là-haut, je vous garantis qu'il risque de chuter.

– Nous n'avons plus d'enfants.

– C'est vous qui le dites.

Je refuserai de partir tant qu'ils n'auront pas averti la police. Parce qu'on n'avertit pas la police quand on séquestre son rejeton dans le cabanon au fond du jardin. Dans la buanderie. Dans la cheminée condamnée. On attend que le fou sur le toit ait trop froid ou trop faim pour persévérer, ou bien si l'on manque de patience on sort la carabine du grand-père.

Je commercialiserai un kit de survie à l'usage des types qui commencent à être saisis de sérieux doutes quant à la sincérité de leur femme, composé d'une liste exhaustive des raisons pour lesquelles ils se doivent de refuser la séquestration – il y a des crétins capables d'en douter – et d'un biper. Qu'ils pressent quelques secondes l'unique commutateur du boîtier en forme de visage de femme défiguré par la haine et je serai immédiatement alerté.

J'écrirai une bible des signes avant-coureurs de l'imposture amoureuse à l'usage des pauvres bougres qui ne comprennent pas pourquoi leur copine se met soudain à aimer la formule 1 et Public Enemy. Pourquoi elle affirme partager leur mépris pour les bas résille quand ses tiroirs en sont pleins. Pourquoi les huîtres qu'elle exécrait hier n'ont finalement pas si mauvais goût depuis qu'eux-mêmes se sont mis à les apprécier. Un manuel destiné à tous ceux qu'une telle osmose laisse perplexes.

17.

Il s'est battu pendant trois jours, mon estomac, pour amener tout ce beau monde à destination. Il a pris le temps qu'il fallait, mais tous ont fait le voyage. Poulet, spaghettis, moutarde. Cornichons. Sauce. Il les a liquéfiés à coups de sucs gastriques et leur a donné à tous l'impulsion nécessaire à la descente des huit mètres de dénivelé. Gros intestin, intestin grêle, côlon, je n'avais jamais compris que c'était un grand huit que mon corps claquemurait en son sein. On n'imagine pas le parc d'attractions que c'est là-dedans, on ne soupçonne pas que nos tripes sont le manège le plus élaboré qui soit. Votre hamburger fait des loopings dans votre bide à votre insu, et si la viande morte pouvait encore avoir le vertige, on ne s'embrasserait plus avec autant de légèreté. Cela ne vous apaise-t-il pas d'ignorer le contenu de votre enveloppe charnelle, de méconnaître l'existence de la majorité de vos organes, de ne pouvoir vous faire une image exacte des horreurs sanguinolentes qui vous habitent ? Pardon, mais je chéris mon ignorance. Je veux dire, avez-vous déjà tenté de visualiser ce que serait une coupe de votre corps ? On vous tranche en deux de la tête au coccyx et on vous permet d'observer la chose, acceptez-vous ? Supporterez-vous la vue de ce qu'en définitive vous êtes ? Un labyrinthe de tissus suintants, de cavités vibrantes, d'artères palpitantes. Elles respirent vos chairs rouges tout contre le blanc de votre squelette. Elle frémit votre viande qui se gâte un peu plus chaque jour. Je refuserai désormais d'adresser la parole à un biologiste. Je ne serrerai pas la main du chirurgien qui m'aura sauvé la vie. Je reviendrai de l'au-delà pour empêcher le médecin légiste d'exercer sa profession sur ma dépouille. Je ne considère pas comme sain d'esprit celui qui ne devient pas fou à la vue de ce que peut être l'homme, en chair et en os. Rémi, lui, ça lui a suffi de voir ce qu'était un majeur en chair et en os. Vraiment, je vous assure, il n'avait aucune envie d'en voir davantage.

La grosse est toujours au pieu. J'ai un moment espéré la venue du médecin mais, à bien y réfléchir, je crois qu'elle préférerait crever plutôt que de prendre le risque que je perçoive une présence étrangère, une voix qui ne serait pas la sienne, des pas en doublon dans le couloir. Elle sait que je me mettrais à hurler instantanément. Comment pourrais-je ne pas le faire ? Tout de même, il serait souhaitable qu'elle meure. Il me suffirait alors de mettre la main sur les clés de la porte pour recouvrer la liberté. À moins qu'elle ne les avale avant de rendre son dernier souffle. Elle en est capable. Ce qui m'obligerait à la trancher en deux de la tête au coccyx. Ce qui m'obligerait à observer le labyrinthe de tissus suintants. Et les cavités vibrantes. Et les artères palpitantes. Je serais libre, enfin. Libre mais fou à lier.

18.

Maman avait peu d'ambition. À part celle peut-être de me faire manger des brocolis. La fourchette avec au bout le petit morceau de perruque extraterrestre m'épouvantait et m'arrachait immanquablement un « c'est pas bon » terrorisé. Et Papa de me reprendre : « On ne dit pas c'est pas bon, petit. On dit c'est dégueulasse. » Maman poussait un cri et lâchait la fourchette pour me coller ses deux paumes sur les oreilles, mais bien sûr il était trop tard, et je me mettais à hurler que les brocolis étaient une chose dégueulasse, DÉ-GUEU-LASSE. Je ne m'arrêtais que lorsqu'elle se mettait à sangloter. Et Papa de la consoler : « Tu n'y es pour rien, ma chérie, ma brune, tu n'as pas eu la bonne éducation, c'est tout, l'éducation qui apprend à tout entendre de la bonne oreille. Pauvre petite, on t'a perverti l'oreille, c'est tout. Je vais te chanter un vocabulaire qui va nous corriger tout ça. » C'est à ce moment-là que généralement on me faisait monter dans ma chambre. Les murs étaient minces, et c'est à ce moment-là que généralement je regrettais d'avoir l'éducation qui apprend à tout entendre de la bonne oreille.

19.

– C'est toujours la même chose avec les facteurs.

– Qu'est-ce que vous voulez dire par là ?

Rien du tout j'ai dit. Ne faites surtout pas attention à ce que je dis. Elle a dit vous voulez boire un verre chez moi ? J'ai dit oui. Elle a dit suivez-moi. Je n'ai rien dit. Je l'ai suivie. Son appartement était presque vide. L'appartement de quelqu'un qui ne compte pas s'éterniser. Elle a sorti une bouteille de vodka du congélateur et a dit je vous vois souvent courir, vous habitez le quartier. J'ai dit oui. Elle m'a embrassé. Il y a tellement peu d'individus capables de vous surprendre que, lorsqu'on en rencontre un, on passe la nuit avec. On reste le lendemain. Et le jour d'après. On l'emmène en week-end, on le présente à sa famille. On l'épouse.

Nous avons fait l'amour toute la nuit, et je ne connus jamais plus belle lumière que celle du jour se levant sur ses traits fatigués. La semaine suivante, elle venait s'installer chez moi. Ce qu'on peut appeler sur le moment un coup de foudre. Ce qu'on peut appeler a posteriori une grosse bêtise.

Nous vivions d'amour et d'eau fraîche, véritablement. L'amour d'abord, et des litres d'eau ensuite. Sans blague, je découvrais la vie. Sa peau si douce répondait à toutes les questions que je m'étais posées jusque-là. Sa nuque expliquait les guerres de religion, les déportations, le cubisme. Son bassin les chefs-d'œuvre de la littérature et la fabrication du caramel. Ses pieds la souffrance des peuples déracinés, la lutte pour le pouvoir et la mousson. Et les deux creux dans le bas de son dos racontaient Adam et Ève et les chiens abandonnés qui parcourent des milliers de kilomètres pour retrouver leur foyer. Cette fille était toutes les femmes. Tous les hommes. Cette fille était l'humanité tout entière. Savez-vous l'impression que c'est de faire l'amour à l'humanité tout entière ? Une drôle, drôle d'impression, je vous assure. Il n'en faudrait pas beaucoup plus pour se sentir tout-puissant. Il n'en faudrait pas beaucoup plus pour se sentir Dieu. Alors oui, une fille comme ça, on l'épouse. Bordel, comment imaginer un instant que cette femme n'était pas toutes les femmes, ni tous les hommes, seulement les pires femmes et les pires hommes que le Terre ait jamais portés ? Sa peau était plus douce que le sable des plages du Débarquement. Les courbes de son corps, une nouvelle carte du monde. Son cul, le mont Olympe. Elle étudiait la géographie et rigolait quand je comparais son entrejambe au canal de Suez.

20.

Maman me disait : « Il y a des gens qui vont te prendre pour un idiot, n'hésite pas à les payer pour qu'ils se taisent. »

Elle disait aussi : « Quand tu rencontreras

l'amour, arrange-toi pour qu'il ne me ressemble pas. »

Maman n'était pas si ahurie que ça, en définitive. Elle avait compris des choses. Instinctivement, elle avait perçu le monde. Les réunions ont tout gâché. Les femmes Tupperware lui enseignent la manière de ranger chacune de ses facultés intellectuelles dans de petites boîtes totalement hermétiques, comme ça la mémoire n'aura pas un arrière-goût d'imagination. Le discernement une odeur d'indépendance. Garder au frais et séparé. Garder pour le jour où. Les femmes Weight Watchers lui font prendre conscience qu'une classification précise de toutes ses émotions est nécessaire à une utilisation cohérente et mesurée. Colère, trois points. Rancœur, quatre. C'est fini pour cette semaine, il faudra être obligeant avec son prochain, sous peine d'être exclue des réunions. Classer, ranger, garder. On s'éloigne franchement de l'humain, là.

On s'éloigne franchement de la vie.

21.

Aspirée par le broyeur d'un évier. Déchiquetée par les mâchoires d'une meute de chiens sauvages. Écrasée par un camion-poubelle. Non, trop classique. Violée par un groupe d'orangs-outans. J'essaie d'orienter mes rêves du mieux que je peux. Un crocodile taquiné au lance-flammes. Histoire d'entretenir la haine. Un essaim d'abeilles dans un machin à essorer la salade. Histoire de ne pas me surprendre à rêver d'amour, je libère toutes sortes de bestioles de leur zoo et les excite avant de les lâcher sur ma femme. Je me demande de quoi serait capable un rhinocéros mâle sur une femme nue couverte des sécrétions vaginales d'un rhinocéros femelle. Une lionne sur cette même femme nue couverte du sang de ses petits. Le rêve est l'action des impuissants, vous me direz. L'initiative des incapables. Et pourtant c'est lui qui me maintient en vie. Je serais mort depuis belle lurette si je n'avais jeté ma femme aux piranhas. Si je ne lui avais fourré dans la gorge une vipère. Enfoncé dans le rectum un oursin. Le rêve est l'apanage de ceux qui croient encore. Le propre de ceux qui savent que quelque part, un jour, une inscription sur le sable. Une voiture qui flambe, un feu de signalisation qui refuse de passer au rouge, un jour, un enfant blond qui vous regarde. Un jour, de ceux qui savent que quelque chose quelque part est là qui les attend, de ceux qui savent que ça vaut la peine, quelque part, un jour. Aujourd'hui encore, j'ai du mal à comprendre ces individus que l'éventualité d'un tourment paralyse, ces allergiques à la souffrance possible, ces flippés qui se privent du meilleur de la vie par peur de goûter au pire. Évidemment, dans mon cas c'est un peu différent. Dans mon cas, le pire est un peu excessif.

Mon pire n'est pas un simple chagrin d'amour. Même sévère, un chagrin d'amour reste une écharde dans un doigt. Et une écharde finit généralement par sortir d'elle-même. Ou si elle ne sort pas la peau, qui sait se réinventer elle-même, l'enveloppe et la fait disparaître. Des chagrins d'amour, donnez-m'en tous les jours. Ils sont la quintessence de la vie. Un parfait échantillon. Un accès direct aux émotions les plus intenses. Bon Dieu ! souvenez-vous, ce kaléidoscope sur vos pupilles comme des verres de contact, ces images en couleurs qui vous empêchent de suivre une conversation, de comprendre un film, de pisser sans voir au fond des chiottes le visage de votre amour. Rappelez-vous la foudre d'une paire de chaussettes oubliée. Le choc du souvenir, de ce sacré sale souvenir qui vous laisse sanglotant au beau milieu d'un carrefour, avec les types enragés qui klaxonnent comme des fous et que vous n'entendez plus. Comprenez. Vous étiez nu à cette minute, nu comme un ver, nu pour de bon, un pauvre petit humain sans plus de dignité, prêt à tout puisque sans plus rien à perdre.

Mon pire est un peu excessif, et pourtant je me surprends à penser que tout ça, toute cette merde, tout ce gâchis a un sens, et que c'est peut-être là-dedans que je vais découvrir qui se cache tout au fond, qui est ce type qui tient le coup malgré tout. Celui qui n'a plus rien, rien d'autre que sa carcasse et ses pensées, et celui qui sait qu'il va mourir, ceux-là sont face à eux-mêmes pour la première fois, totalement à poil et seuls spectateurs de leur nudité. Il n'y a aucun moyen d'ignorer ses instincts quand le sol se met à trembler, quand il se dérobe sous vos pieds, les mots qui sortent de votre bouche quand un carambolage vous arrache les seuls êtres qui avaient de l'importance, ces mots-là sont peut-être les seuls authentiques que vous prononcerez dans votre vie. On n'est jamais soi-même que lorsqu'on est foutu. On n'est jamais soi-même que lorsqu'on est déjà mort.

22.

J'ai fait une liste des filles avec qui j'ai couché. Histoire de ne pas oublier qu'il me reste quelque chose qui ne lui appartient pas. Histoire de me souvenir que je suis un homme.

Trois ans sans personne pour vous poser des questions et la réalité s'envole tranquillement sans faire de bruit, et bientôt vous vous retrouvez n'avoir fait l'amour qu'à une seule femme.

Vous vous retrouvez n'avoir baisé qu'un monstre.

Je me souviens de Maman qui répétait sans cesse :

– La mémoire est un muscle. Sans muscles, restent les os et tu tombes. Sans mémoire, reste l'imagination et tu t'envoles.

Je suis tombé. Parviendrais-je à m'envoler si j'oubliais tout ? Ça me plaisait assez, à moi, de ne conserver que l'imagination. Mais elle insistait pour que je lui fasse des listes : les dates de naissance de mes grands-parents et cousins, les menus de la semaine à la cantine de l'école, les cadeaux que j'avais reçus à Noël depuis mes trois ans. Vous souvenez-vous de ce qu'on vous a offert pour votre dernier anniversaire ? Mon père et ses sourcils en buissons, mon père toujours en arrière-plan, un horizon qui vous fait tenir le paysage :

– Applique-toi, gamin, le Père Noël risque d'être vexé et on n'aura rien du tout la prochaine fois.

Et dans sa moustache :

– Invente, petit. Le Père Noël est sénile. Je me charge de ta mère.

Il y a des types comme ça qui vous apprennent tout l'air de rien.

Ce sont les meilleurs. Pas de leçons. Juste des combines.

23.

Elle s'est fait livrer un truc, ce soir. Une pizza. On a sonné, elle a ouvert la porte, réglé la note, merci bonne soirée et a refermé.

Elle est complètement folle.

A-t-elle songé une seconde à ce qui se serait produit si je m'étais mis à hurler au meurtre à pleins poumons ? Le livreur – à moins d'être sourd lui aussi, cela n'aurait pas été franchement étonnant, on ne peut pas dire que la fortune soit à mes côtés ces temps-ci – même complètement demeuré le livreur aurait compris que quelque chose de pas très clair se passait ici et, courageux, il aurait couru vers la provenance des cris, lâche au moins aurait-il jugé sensé de prévenir les flics. Alors pourquoi a-t-elle pris ce risque ? Pourquoi m'a-t-elle offert une chance de m'en sortir ? Ma libération signifiant à coup sûr sa perte, le but de sa manœuvre a tendance à m'échapper. Est-il possible qu'elle imagine mes cordes vocales hors d'état de nuire après presque quatre années de mutisme ? Est-elle assez détraquée pour croire que je commence à goûter mon incarcération ? Elle est folle, je vous dis. Complètement timbrée. Démente.

Alors pourquoi n'ai-je pas crié ?

Pourquoi ai-je laissé passer ma chance sans broncher ?

Pourquoi suis-je resté l'oreille collée à la porte en retenant mon souffle ?

Je suis fou. Complètement timbré. Dément.

Le but de ma manœuvre a tendance à salement m'échapper.

Ça doit être ce type aigri, celui qui squatte mon enveloppe et balance toutes sortes d'âneries sur les facteurs quand il ferait mieux de la boucler. Seulement cette fois-ci il s'est tu quand il aurait fallu l'ouvrir, et en grand. C'est lui, c'est certain, c'est ce petit con qui s'amuse à foutre ma vie en l'air. Toujours lui. Ce sale petit trou-du-cul. Cette infâme petite ordure. C'est à cause de lui que je viens de laisser filer mon unique chance.

Espèce de minable petite pourriture de pédale de raclure de merde.

24.

Joyeux anniversaire. Il y a aujourd'hui quatre ans que je suis tombé. Quatre ans jour pour jour, à ce qu'il semble. Elle a eu la délicatesse de me glisser un petit mot sous la porte, un tout gentil tout petit mot : « Joyeux anniversaire. À propos, j'ai poussé ta mère dans les escaliers. Elle s'est seulement cassée le col du fémur. J'espérais mieux. »

Il n'y a plus rien à dire. Ma seule chance de sauver ma mère est en train de livrer des pizzas à l'autre bout de la ville et j'ai une grosse envie de fuite de gaz, d'incendie, de météorite. Une grosse envie de crever. Tout de suite. Ces lignes sont les dernières que j'écris, je vous fais mes excuses, vous ne saurez jamais de quelle manière je me suis donné la mort. Vous vous en battez les noisettes, j'en conviens. De toute façon vous ne lirez pas ce journal, vous ne le lirez pas puisqu'elle va le brûler quand elle se sera débarrassée de ma dépouille. Pourquoi même écrire ces dernières lignes, et ces mots, là, ceux-là, « ces mots, là, ceux-là » ? La sale habitude de vouloir continuer malgré tout, sans doute.

25.

Le problème, c'est qu'il y a toujours quelqu'un pour vous empêcher de vous suicider.

Alors donc, le vrai sadisme consiste à enfermer à double tour les objets tranchants. Le verre. Les médicaments. Le vrai sadisme vous laisse les ours en peluche et le dentifrice. Elle me connaît bien, la garce. Elle savait exactement quel effet aurait sur moi son billet doux. Elle savait qu'une chute de ma mère dans les escaliers me tuerait plus sûrement qu'elle. Attendez, là. Une seconde. Elle essaie de m'avoir. C'est une invention, un truc pour éviter de se salir les mains. Que je me supprime moi-même ne fait pas d'elle une meurtrière. C'est un stratagème pour épargner sa conscience. Une manipulation de plus. Ma mère se porte comme un charme, elle est en ce moment même à une réunion Clarins en train de se tartiner le visage avec un antirides nouvelle génération, le col du fémur bien calé dans le coussinet à carreaux jaunes et blancs d'une chaise de jardin. Elle rigole et tous ses os en un seul morceau sursautent au rythme de ses gloussements de bonheur. Le visage blanc qui se pâme devant les miracles de la recherche esthétique ignore qu'un homme était prêt à donner sa vie pour la sauver. Petite Maman, tu es désarmante de naïveté. Petite mère, tu vaux le coup que je me batte. Nous sommes trop nuls, nous, les gosses. Pour un peu on abandonnerait la partie, on rendrait les armes devant l'incarnation du pire de votre sexe et on vous laisserait, vous, nos bâtisseuses du vivant, nos architectes de l'espèce humaine, sous prétexte que nous ne pouvons ni marcher, ni ouvrir une fenêtre, ni assassiner la menteuse qui tache de mascara le col de vos chemisiers. On ne vaut pas les neuf mois de nausées, d'abstinences en tout genre, les heures de souffrance endurées pour expulser de votre corps exténué ce que vous considérez être votre plus grande création. On ne vaut pas non plus les années de « une cuiller pour Maman », les berceuses fredonnées au beau milieu de la nuit, tout ce temps consacré à de petites boules de chair qui oublieront, de toute façon. Alors oui, je fais la promesse solennelle de te revoir un jour, ma créatrice, et même si toute cette exaltation risque fort d'étourdir ton oreille novice, ce n'est pas très grave, je sais que tu percevras l'essentiel du message, tu sauras que tu es ma mère, et en cela la plus grande femme qui soit.

Il est jouissif de penser que ma femme me croit la figure dans un oreiller en train de tenter de m'étouffer alors que je ne me suis jamais senti aussi vivant ! Qu'elle pointe son nez, un peu, la chienne, et je lui boufferai les orteils, je la grignoterai par en bas puisque sa tête me demeure inaccessible, je la viderai de son sang par les chevilles s'il le faut, et je lui trancherai les pieds comme on tranche une tête, pour qu'elle s'écroule et qu'enfin nous soyons à armes égales. Et lorsqu'elle sera en train d'agoniser, je crois que je la baiserai, car dans mon cas le viol n'est plus un crime. C'est même la moindre des choses.

Utilisée de la bonne manière, une petite cuiller peut devenir entre les mains d'un type énervé une arme redoutable. Suis-je énervé ? Oui. Plus que vous autres, en tout cas, le cul au fond de vos divans en cuir, en train de grignoter je ne sais quelle saloperie tandis que vous me lisez. Un peu de respect, je vous prie. Vous n'êtes pas au cinéma. C'est du réel, ce à quoi vous assistez. Vous l'oubliez. C'est humain, je vous l'accorde. Il est de ces récits auxquels il est plus simple de ne pas croire. Il est de ces histoires qui vous feraient douter de tout : où se trouve l'être que vous aimez, en cet instant ? Juste à côté ? Très bien, mais à quoi songe-t-il ? S'il est dans la cuisine, êtes-vous certain que le tranchant du couteau qu'il passe à plat sur sa paume ne projette pas sur le blanc du réfrigérateur une image de vous, pareillement livide, étendu dans le salon au milieu d'une flaque toute rouge ? S'il se fait couler un bain, comment savez-vous qu'il ne vous enfonce pas la tête sous l'eau qui mousse ? La prochaine fois que vous voyez votre amour ouvrir une facture EDF au coupe-papier, je vous conseille d'observer attentivement ses yeux, et si vous croyez y surprendre une lueur nouvelle, une étincelle inédite, courez. S'il esquisse un sourire que vous ne connaissiez pas en ramassant du verre brisé, courez. Courez encore si vous l'entendez marmonner tout seul sur le balcon de votre sixième étage. Foncez, il est encore temps de sauver votre peau. On survit à la perte du grand amour. On ne survit pas à une chute de vingt mètres sur le bitume.

À bien y penser, je ne vois rien qui ne puisse se transformer entre mes doigts en arme mortelle. Elle ferait bien de jeter les chausse-pieds. Les sacs plastique. Les punaises et les trombones. Elle ferait mieux de tirer sa révérence, tout simplement, parce qu'à moins de vider entièrement l'appartement, ses heures sont comptées. Sa vie désormais m'appartient. Sa mort est mienne. Retournement de situation, ma belle, c'est comme ça qu'on nomme la chose. Je sais, c'est assez surprenant, mais figure-toi que c'est l'effet recherché. Tu croyais écrire l'histoire, tu pensais tirer les ficelles, nous faire danser tous deux une petite valse cruelle et délectable mais tu vois bien, la seule personne qui écrit ici, c'est moi, c'est ma plume qui danse au bout de mes doigts, elle danse une polka autrement plus féroce et c'est elle qui décidera de la fin. Elle décidera de ta fin. La polka sous mes doigts.

26.

Je lui disais tout sans ouvrir la bouche. J'étais tellement plus éloquent silencieux. J'aurais fait un excellent muet, un génie du silence qui placé au bon moment sous le nez du bon type vous garantit qui le steak-frites qui la baston. Les mots réduisent tout, ils sont l'état toujours plus solide d'une pensée toujours plus liquide, des atomes bien trop serrés pour elle, collés les uns aux autres comme les moutons effrayés par l'orage, ils l'étouffent dans leurs petits systèmes alphabétiques. Ils l'empêchent de respirer. Lui ôtent sa part d'insaisissable. Ils sont de trop, les mots, de trop. Mes silences, j'osais le croire, étaient les plus belles déclarations d'amour, ma demande en mariage, elle me l'a dit, la résurrection du film muet. Combien de « je t'aime » prononcés en une heure sur cette terre ? Combien de « veux-tu être ma femme ? » en dizaines de langues différentes chaque minute ? Combien de « tu es la femme de ma vie », de « le sexe avec toi c'est pas croyable », de « tourne-toi chérie tu vas voir ce que je vais te mettre » ? Un mathématicien en perdrait la tête. Je n'ai pas posé le genou à terre, je n'ai sorti de ma poche aucun écrin, j'ai simplement dévoré mes tartines comme tous les matins, mes tartines à la confiture de myrtilles qui gouttait sur la toile cirée. Et elle a dit oui. Elle a dit oui, sous-entendu j'accepte de te voir tous les matins de ma vie dévorer tes tartines, sous-entendu les lèvres violettes et collantes contre les miennes jusqu'à la fin, sous-entendu tes doigts gras de beurre sur mes joues jusqu'au bout, tout au bout de la vie. Je ne l'ai pas demandée en mariage. Elle a dit oui sans que j'aie besoin de prononcer le moindre mot. Pour vous dire la vérité, je ne me souviens même plus si ce matin-là j'avais une si grosse envie que ça de l'épouser. Mais ce oui, il fallait bien qu'il fût la réponse à une question, et mon silence en cela devait porter en lui une demande spécifique. Elle a dit :

– Tes yeux au réveil, il y a quelques minutes, j'ai su qu'ils allaient me demander un truc pas ordinaire.

Je ne me souviens pas d'avoir dit ce genre de chose avec mes yeux ce matin-là. S'il y a un truc qu'ils réclament chaque aurore que Dieu fait, mes yeux, c'est la paix. Elle a dit plein d'autres choses très jolies et flatteuses sur ma manière unique d'être « tellement plus éloquent silencieux », oui, les mots sont d'elle, ceux-là je m'en souviens très bien, car quand je pense à eux tintent à mes oreilles toutes sortes d'autres vocables bien moins plaisants : manœuvrer le doux abruti. Manipuler la tanche. Tirer les ficelles, encore. Et mettre tout et n'importe quoi dans un silence. Y mettre la vie commune, l'achat d'un appartement, un voyage au Sahel. Y mettre le mariage, un matin. L'homme amoureux est un sombre crétin.

Je ne l'ai pas demandée en mariage. Je l'aurais fait un jour ou l'autre, mais je ne l'ai pas fait ce matin-là. On m'a passé la bague au doigt. On a doucement pris mon annulaire pour y glisser l'air de rien une alliance. On est maligne. On est maligne mais on ne passera pas la semaine.

27.

Comment s'en est-il sorti, le type de *Misery* ? Vous savez, cet écrivain séquestré par une Kathy Bates monomaniaque, les deux jambes brisées, immobilisé sur un lit de haine et de douleur ? En voilà un dont la posture rivalisait sérieusement avec la mienne. Sûr que l'ironie de la chose devait lui faire mal au crâne, une péquenaude capable de plus d'imagination que lui, lui l'écrivain accompli, une cul-terreuse capable de lui écrire une histoire on ne peut plus délirante, une histoire vraie, qui l'écrit en temps réel et lui fait une fleur en le prenant pour personnage principal. En voilà un pour qui les choses ne se profilaient pas de la manière la plus douce, flanqué qu'il était d'une folle à lier à côté de qui ma femme passerait aisément pour une sainte, et pourtant le bougre a remporté la partie, si ma mémoire est bonne. Mais elle ne l'est pas vraiment, et je déplore aujourd'hui plus que jamais sa défaillance, elle m'interdit l'accès à la meilleure partie du scénario ; je ne parviens pas à me remettre en tête sa fin en pied de nez au destin. Soyons réaliste : je n'ai pas les chevilles écrabouillées, mais comme meurtrier je pars avec un handicap de poids : le mien, de poids. Comme assassin ma position n'est pas évidente : je suis un homme à terre. A priori, on ne craint pas grand-chose d'un tapis. Il n'y a que ma colère qui soit parfaite : sans faille. Mon erreur a été de ne pas agir tout de suite, à la naissance même de la décision, à l'instant précis où la certitude de savoir exactement ce qui vous reste à faire vous injecte dans les bras la force de soulever des montagnes pour les laisser retomber ensuite sur l'ennemi. La colère reste intacte mais la rage se distille. Elle devient vite une aspirine dans l'océan. Je ne peux pas compter sur elle comme arme unique. Il va me falloir du solide, du lourd, du tranchant.

J'aurais dû lui sauter à la gorge lorsqu'elle était encore malade et affaiblie. À présent qu'elle a recouvré santé et force physique, le futur devient dangereusement aléatoire.

À ce stade, y a-t-il un de vous qui croie à ma réussite ? Y a-t-il un seul de vos culs, qu'ils soient posés dans le métro, dans le salon, la cuisine, la chauffeuse de mamie, le water-bed livré il y a deux jours, le fauteuil roulant livré avec l'accident, sur le siège des toilettes en plastique livré il y a bien trop longtemps, sur la figure de votre conjoint livré par erreur, y a-t-il un seul de vos petits culs, tous confortablement calés quelque part en cet instant, qui se soit jamais dit :

– Ce type en a. Il va la réduire en miettes.

N'êtes-vous pas convaincu depuis les toutes premières lignes que je suis perdu d'avance, et qu'un cancer généralisé m'anéantirait moins sûrement que ma femme ? Le plaisir que vous prenez à poursuivre votre lecture n'est-il pas celui qu'on prend à assister au naufrage du *Titanic* ? Ne saliviez-vous pas de la même manière en voyant se débattre entre les doigts sans pitié de Shakespeare les deux petits amoureux de Vérone ? Des voyeurs, dans le langage courant. Des sales petits trous-du-cul, dans le mien.

Je me fous bien de ce que vous pouvez penser. Je m'en tape le coquillard.

C'est faux. Je mens comme un arracheur de molaires. J'ai besoin que vous croyiez en moi.

J'ai besoin de soutien, sur ce coup-là.

J'ai besoin d'un gun.

Mais j'oublie que nous ne vivons pas à la même époque, vous et moi, et que ceci vous est du passé bel et bien révolu.

Mon présent.

Votre passé.

Ma solitude spatiotemporelle me déconcerte.

Ce sera demain. Il faut que ce soit demain. Je sens ma volonté flancher, elle se fatigue et fait moins de bruit, le feu de ma colère l'amollit comme une mauvaise cire sous mon doigt. C'est le temps, ce foutu temps qui coupe à l'eau tout ce qu'on lui abandonne par confiance. Absurde, de lui confier quoi que ce soit. Insensé, de lui prêter la moindre vertu. Le temps fait les mauviettes.

Alors ce sera demain. Demain, elle ou moi. Moi. L'idée me plaît davantage.

28.

Vous savez : le soleil qui s'amuse dans la transparence des draps blancs les matins d'été, le beau visage et les yeux fatigués qu'elle cache dessous. Vous savez : les jolis cernes comme un trait de crayon autour des points remarquables d'une démonstration. Vous savez : l'amour quand on sent déjà que la journée va être brûlante. Et les petits pieds blancs, vous savez, petits pieds toujours froids sur la moquette chaude de la chambre, les mains qui vous touchent comme elles seules savent vous toucher. Vous savez.

C'est ce que je voudrais conserver lorsqu'elle sera morte.

Ses pieds. Ses mains.

Je saurai être raisonnable. Je me contenterai de leur souvenir.

Vous savez : la mer qui refuse de vous rendre à la terre, comme elle vous entraîne insidieusement vers son large, comme elle vous berce dans son écume pour vous faire oublier la noyade. Vous savez : l'amour, une caresse qui vous ferme les yeux. L'être aimé : profondeurs inexplorables, plongée à risques. Vous savez.

C'est pour cet enseignement que je lui dirai merci juste avant qu'elle meure.

– Merci. Crève.

Je saurai être raisonnable. Je ne lui dirai pas que je l'aime.

Il est neuf heures. Enfin, dans ces eaux-là. Elle a fait un raffut de tous les diables dans la cuisine avant de se sauver. Un vacarme de vaisselle cassée.

Un fracas de verre brisé.

Du solide. Du lourd. Du tranchant.

Mon cul n'est pas confortablement calé à l'instar des vôtres, mais il est sacrément bordé de nouilles...

J'ai dans le ventre de l'énergie pure et dans les mains l'arme du crime : l'idiote a laissé tombé un bocal en verre contenant du sucre en poudre et n'a pas pris la peine de nettoyer ses saletés. C'est ce qu'on peut appeler un signe. Une invite au crime. J'ai récupéré les éclats perdus dans la poudre blanche, et certains étaient vraiment petits : je n'étais pas crâne en me mettant à lécher le sol, je songeais à chaque coup de langue aux morceaux de verre qui avaient pu échapper à ma vigilance et risquaient de découper mon appendice buccal sur toute sa longueur.

L'ennui, c'est que plus je cogite, plus sa bévue flaire le coup monté, son aspect providentiel l'artifice.

On n'abandonne pas une arme à l'ennemi par simple étourderie.

On la lui abandonne quand on l'a bidouillée pour qu'elle lui éclate à la trogne.

Quelle mine a le cyanure ? Agit-il nécessairement de manière instantanée ? L'arsenic a-t-il du goût ? La strychnine une odeur ?

Je me suis fait avoir comme une vulgaire souris avec le cube de fromage sur la tapette, je le pressens, et la truite gamberge sans doute plus longtemps que moi avant de mordre le ver qui danse seul dans la lumière bleutée.

La garce : des somnifères.

Attendez un instant, j'ai peut-être parlé trop vite.

Non, aucun doute, je m'endors.

Merde.

J'ai comme qui dirait la trouille de ma vie. Éveillé, il faut que je reste éveillé. Résister, écrire sans m'arrêter, écrire encore et encore, que va-t-elle me faire, la dose est-elle mortelle ou va-t-elle s'offrir le plaisir de m'écharper de ses propres mains une fois que je serai inconscient, j'ai des sueurs froides, pauvre corps, ça sent la fin pour toi, pauvre carcasse, tiens bon, je t'en supplie, il y avait cet arbre quand j'étais petit, un chêne centenaire pile au milieu du parc, et quand Papa sautait Maman derrière les buissons c'est là que j'attendais, oh ce n'était pas un abandon, j'étais avec plein d'autres mômes plus malheureux que moi, des gamins dont le père avait arrêté de sauter la mère il y avait bien longtemps, et j'étais fier qu'on s'aimât autant dans ma famille.

J'irai revoir ce chêne. Une permanence dans ma vie. La seule peut-être. Ce chêne centenaire. Fidèle à lui-même, sans promesses et sans trahisons. Mon amour, tu entends, sans promesses et sans trahisons...

29.

Je ne pige pas. Mon corps repose à l'identique sur le matelas poussiéreux, le stylo n'a pas quitté ma main, et s'il n'y avait ce rectangle noir dans le mur, ce bout de nuit géométrique dans ma géographie réduite, je douterais avoir dormi plusieurs heures. Je craignais de revenir à moi les membres entravés par quelque instrument de torture moyenâgeux, un bâillon enfoncé profond dans le gosier, face à elle qui me sourit et m'annonce calmement qu'il est temps pour moi de rejoindre les spécimens de mon espèce en Enfer. Je redoutais de reprendre conscience dans une obscurité étroite, matelassée, une boîte juste à ma taille, un cercueil sous des tonnes de terre fraîche. Je craignais de ne jamais me réveiller. J'imaginais tout, sauf ça. Elle joue petit. Je suis presque déçu. Elle s'amuse, sans doute. Peut-être a-t-elle mal dosé sa médecine et suppose mon trépas. J'en doute.

J'y suis. Le robinet de la salle de bains fuit

abondamment depuis plusieurs jours. Elle aura fait venir le plombier, tout simplement.

Je suis bien content de lui causer quelques soucis domestiques.

Alors comme ça, on désire me garder en vie. C'est plutôt une bonne nouvelle. La pauvre ignore que j'ai là sous ma couche l'éclat de verre qui va très bientôt lui trouer la panse ! Pauvre idiote. Ne lui vient-il donc pas à l'esprit qu'un homme ne peut vivre éternellement comme un animal sans jamais rien tenter pour recouvrer sa condition d'antan ? Sa manière d'agir est bourrée d'incohérences. Ouvrir la porte à un livreur sans craindre mes appels au secours et me droguer comme un cheval pour la venue du plombier. Planquer tout ce qui détient en soi le potentiel d'une arme et me laisser seul avec du verre brisé. Vivre recluse avec l'objet de sa haine dans un appartement sale et en ruine et déployer des trésors d'ingéniosité pour colmater une vulgaire fuite d'eau. Le désordre psychique de cette femme se confirme jour après jour.

Sans le savoir, elle a tout de même gagné un

sursis de vingt-quatre heures. Il serait trop hasardeux de tenter quoi que ce fût cette nuit. Le somnifère a amolli le peu de forces que la haine conserve à mon corps et je n'ai pas la moindre idée de l'heure qu'il peut être. En novembre, le soleil se lève bien tard. Elle est peut-être déjà debout, allez savoir. Demain. L'aurore d'une belle vie. Allez, je la mérite bien.

30.

J'ai rêvé de ce vieux chêne, mon arbre centenaire au milieu du parc de mon enfance. Son tronc énorme fiché dans la terre depuis des décennies, son ombre immense sur un groupe d'enfants criant au loup, tout s'annonçait comme un songe charmant, un rêve doux et naïf comme je n'en fais plus depuis des années. Mais l'arbre s'est mis à frissonner, de manière quasi imperceptible, et à murmurer quelques paroles inintelligibles. Il avait ma voix. Et à y regarder de plus près, son écorce portait mes cicatrices. Celle que j'ai à l'arcade sourcilière gauche était une petite ouverture tout en haut, juste à l'endroit où le tronc éclate en branches inégales et torves, et cette autre qui marque mon genou droit faisait un dessin étrange à l'endroit même où un gamin s'apprêtait à graver ses initiales au couteau. Quelle ne fut pas ma souffrance lorsque je sentis la lame pénétrer ma chair ! J'étais cet arbre, cette écorce qui ne saignait pas ma peau, et j'étais cerclé de bambins prêts à me réduire en petit bois. Certains ont commencé à lancer des cordes terminées par des grappins et se sont mis à escalader mon anatomie. Ils grattaient les semelles de leurs petites chaussures sur toute la surface de mon écorce et je craignais de découvrir bientôt à quelle partie de l'arbre correspondaient mes parties génitales. J'ai passé un bien sale quart d'heure, je vous le garantis. Il y avait longtemps que je n'avais été martyrisé par des enfants. Ils avaient déserté mes nuits depuis que je les avais évoqués avec vous. J'avais cru à la réussite de la thérapie du journal intime. Sornettes. Un truc de filles. Mon cul-de-jatte en revanche était absent. Il se faisait greffer des guibolles de nourrisson, je présume. Il doit trouver que ma peur s'émousse, et que face au monstre qui me séquestre il a intérêt à faire preuve d'imagination s'il veut conserver auprès de moi son potentiel de terreur.

Mon rêve doux et naïf, je vais le créer de mes propres mains. Ce soir... Du sang sera versé pour lui mais quelle liberté ne repose pas sur un lit d'agonie ?

31.

La ville se couche sur nous, tremblante et épuisée, elle tombe sur nos têtes tournées vers le ciel qui tire à lui la nuit encore timide. Nous sommes assis tous deux sur le banc le plus ordinaire qui soit, rugueux aux doigts, dur aux fesses, un banc qui en a vu de toutes les tailles, de tous les âges et par tous les temps. Cette obscurité qui joue l'effarouchée et ôte ses habits de jour comme une apprentie effeuilleuse, lentement, maladroitement, je l'aime. J'aime la dilatation du temps depuis que j'aime cette fille. Je m'enivre des interminables minutes silencieuses et immobiles qui ponctuent nos désirs charnels, je les goûte comme on goûte l'entracte d'un spectacle époustouflant, la pause est délectable quand on sait que ce n'est qu'une pause, l'attente fabuleuse quand on augure le meilleur. Nos visages renversés baignent dans la lumière déclinante, nos doigts se mêlent et font l'amour sans se dissimuler, et je veux vivre avec cette femme. Ses nippes qui relèguent les miennes au dernier étage de l'unique placard de ma minuscule chambre, les fenêtres béantes par moins cinq puisqu'il faut aérer, tous les petits compromis qu'implique la promiscuité, je les accueille à bras ouverts, à vingt ans, parce que je sais déjà qu'ils n'en sont pas et que l'amour est sans condition. La compromission ne porte son nom qu'en famille ou au bureau. En amour, elle s'appelle vouloir le bonheur de l'autre. Elle m'observe un moment et dit :

– Je suis d'accord. Vivons ensemble.

– Comment sais-tu que... ?

– Tu es un de ces êtres qui peuvent se passer de mots.

Elle est un de ces êtres que je veux garder auprès de moi toujours. Et elle me sourit, comme si ça aussi elle le savait.

32.

Le plombier.

La naïveté dont je peux faire preuve est stupéfiante. À côté de moi, Blanche-Neige est un monstre de cynisme.

Élever son rejeton dans la crainte perpétuelle du pire lui éviterait bon nombre de méchantes déconvenues.

Parce que franchement, le maintenir dans l'illusion que tout homme, quel qu'il soit, a au fond de lui une part de bonté, c'est une erreur d'éducation plutôt balaise. L'élever dans l'enseignement de la compassion et de l'amour de son prochain est une absurdité. Lui prouver que le pardon est ce qu'il peut faire de mieux pour son ennemi un mauvais calcul, et une éducation chrétienne vous fabrique un marmot qui s'en prendra plein la figure sans jamais bien comprendre pourquoi.

Frayer avec la mauvaise graine dès que les jambes vous portent vous fourre le nez dans le vrai : la cruauté n'a pas de limites, et les plus vicieux de vos copains qui prennent la voix de l'enfant mort sous les fenêtres de la mère éplorée vous livrent un bon aperçu de ce dont un simple mortel est capable.

Le plombier.

Enfant, je n'ai vu aucun de mes camarades lyncher de chaton.

Aucun des gosses avec qui je jouais aux billes n'a jamais enfoncé d'insecte entre les dents d'une fillette, la dette à payer quand on est un peu plus boulotte ou moins jolie que les autres.

Le pire à quoi j'ai pu assister se limite à l'insulte nonchalante, voire au chewing-gum dans les cheveux.

Comment voulez-vous qu'après je puisse imaginer une chose pareille ?

On n'est pas prêt quand on a grandi dans

l'amour duveteux d'une mère qui douterait presque que vous êtes d'elle tant vous dépassez ses espérances et l'ombre d'un père monumental qui vous hisse bon gré mal gré dans sa citadelle, d'où le monde effectivement paraît beaucoup plus joli.

Le plombier.

Il aurait été salutaire que je sois un de ces morveux négligés par leur mère et battus par leur père à qui l'épouvantable est familier.

Le pire que j'eus à subir se limite à une déculottée en bonne et due forme le jour qui m'a vu me révolter contre cette manie maternelle on ne peut plus inacceptable quand on a dix ans et une fierté plus grosse que soi, cette manie magnifique et animale qui consiste pour la mère à mouiller de salive quatre doigts avant de les appliquer sur les épis blonds de son rejeton. Gratifier Maman d'un « salope » sonore et inédit au beau milieu de la cour de l'immeuble justifiait la torgnole.

Comment voulez-vous qu'ensuite je sois préparé à prendre ce genre de coup sur le crâne ?

Cela signifie que plusieurs types ont opéré sous mon nez inconscient, qu'ils ont transpiré à quelques mètres de moi, que leurs tee-shirts trempés de sueur ont frôlé ma porte, que leurs mains abîmées ont touché mon mur. Étaient-ils sur le point d'entrer dans ma chambre avant qu'elle le leur interdise ? Ont-ils demandé si cette pièce était vide, déjà ?

Je n'ai pas tout de suite compris. Le couloir avait bien été dépouillé des quelques reproductions de Monet mal encadrées qui pendouillaient lamentablement depuis des années sur ses murs, mais j'avoue ne pas y avoir prêté attention, tout à l'excitation que me procurait la perspective de mon ultime combat contre des portes de placard hostiles et un réfrigérateur malveillant. C'est lorsque j'ai poussé d'un coup de coude énergique la porte que l'odieuse vérité m'a sauté au visage : la cuisine était immense et pleine de creux. Aux endroits où avaient reposé le frigo et le lave-vaisselle, le carrelage étalait son blanc immaculé d'origine, m'arrachant un rictus de dégoût à l'idée que je m'étais traîné pendant des lustres sur un sol jaune de crasse. Une réalité par trop insoutenable vous tire des réflexions curieusement futiles, et cette frivolité vous masque un instant l'horreur de la situation. Un instant, j'ai trouvé cette cuisine franchement mal fichue. Un instant, je me suis demandé comment la rendre plus accueillante et fonctionnelle. Mais ce genre de réflexe autoprotecteur est, vous l'imaginez, plutôt éphémère.

J'ai poussé sur mes doigts de pied pour effectuer un demi-tour, c'est-à-dire que mon corps a pivoté autour d'un axe situé à peu près au niveau de mes organes génitaux, un peu comme le monde peut tourner exclusivement autour du sexe, et j'ai rampé jusqu'au salon. Immense, lui aussi, même dans l'obscurité infligée par des fenêtres suturées de planches de bois, immense et sombre comme une cathédrale, et lorsque j'ai crié le nom de ma femme suivi d'une bordée d'insultes dont je ne supposais pas mon vocabulaire pourvu, l'écho de ma propre voix m'est revenu tout droit, me signalant sans autre détour que j'étais désormais seul au monde, pour de bon. Je me suis traîné jusqu'à la porte d'entrée et, dans un dernier effort, j'ai atteint la poignée et l'ai baissée. Je n'avais aucun doute mais il fallait que je le fasse. Fermée. Bien entendu.

33.

Il est de bonne guerre de souligner l'efficacité et la rapidité de cette société de déménagement.

J'aurais aimé vous communiquer leurs coordonnées, je sais comme il est difficile de trouver de bons professionnels, ils sont rares les gars qui ne vous égratignent pas le parquet et tiennent leurs délais.

Jeune, je me fantasmais déménageur. Il y a dans ce job de brute une mise à l'épreuve permanente du corps, un jeu avec les lois de la pesanteur qui atteint son paroxysme entre des escaliers en colimaçon et une armoire normande. Une démonstration vaine et dérisoire de la volonté convertie en force, de la détermination transformée en muscles. Un buffet sur votre colonne vertébrale ne vous laisse guère le loisir de penser à autre chose qu'à son poids, une table en chêne vous pèse autant sur les bras que sur l'esprit. Ce boulot est peut-être le seul où vous êtes corps et âme à ce que vous faites. Il n'y a ni passé ni futur, car les tonnes que vous descendez chaque jour sont une abstraction qui dépasse le Temps, elles sont le Poids. Déménageur est une profession noble. Les gens l'ignorent. Les déménageurs aussi, me direz-vous.

Pardonnez ces digressions, mais mon futur est à ce point incertain qu'il me faut détourner mon attention d'une manière ou d'une autre, sous peine de me voir mouiller le papier de larmes inutiles, et pour vous franchement ennuyeuses. Je paierais cher pour une séance de cinéma, un roman d'aventures, un strip-tease intégral. Je donnerais tout ce que j'ai pour le récit d'un conte de fées. Un bras pour une fellation. N'importe quel divertissement, pourvu qu'il m'emmène un moment loin d'ici, de cet appartement vide qui commence à ressembler à mon cercueil, ma crypte personnelle.

Voyons les choses de manière positive : pour les quelques jours qu'il me reste à vivre, l'appartement est à moi. Avant que l'absence de nourriture ne me plonge dans le coma, j'ai la liberté de pénétrer dans sa chambre, qui n'est plus verrouillée, j'ai le privilège de pouvoir déverser quatre ans de foutre sur cette moquette que ses petits pieds blancs ont foulée mille fois. Mais en suis-je capable ? Ma verge depuis quatre années est une relique du bon vieux temps, un Alzheimer que mon regard évite comme on évite les yeux vitreux du grand-père qui ne vous reconnaît pas. Ma queue est morte, vive ma queue ! Je vous en prie, épargnez-moi ces mines de bonnes sœurs devant l'imperméable ouvert de l'exhibitionniste, les grossièretés sont permises dans un moment pareil. Je respecte votre pudibonderie, mais l'emploi d'un langage châtié n'est pas la préoccupation première de l'homme qui sent venir la fin. Il a plutôt une grosse envie de causer comme un charretier et d'envoyer se faire mettre les bonnes manières.

Patientez quelques minutes, je migre.

Chambre de ma femme. La nôtre, avant ma chute. Il y a quatre ans que je n'ai vu les murs bleus, la moquette râpée autour d'un nouveau rectangle impeccable dessiné au milieu, une terre vierge qui appelle les doigts, avec en ses angles quatre ronds marqués comme au fer. Le poil ne repoussera pas à ces endroits.

Elle a pris soin de murer la fenêtre. Notez que le contraire vous aurait étonné. Cette femme pense à tout. Rien à redire à la perfection de l'ironie : cette aptitude qui me rendait muet d'admiration est devenue l'un des instruments de ma perte.

C'est un mécanisme identique qui vous rend insupportables les petites manies de l'autre, celles-là mêmes qui vous faisaient soupirer de bonheur tantôt vous écœurent au plus haut point lorsque l'amour se fait la malle. Ce festival d'habitudes charmantes mêlant en vrac une façon particulière de prononcer certains mots, une manière authentique de tenir ses couverts ou tête au taxi qui tente un détour quasi indécelable, un réflexe indéracinable dans un magasin de spiritueux, vous savez, quand vous avez le fou rire entre les dents de voir l'autre jouer le connaisseur et gonfler son savoir en matière de grands crus, ces automatismes plus adorables les uns que les autres virent au cauchemar quand l'amour a déguerpi, et la simple vue de bougies parfumées installées sur la table de manière à dessiner un petit cœur vous soulève le vôtre, de petit cœur.

Mon petit cœur est chaviré devant cette fenêtre condamnée. Chaviré mais pas nauséeux pour un kopeck.

Ma théorie trouve ses limites dans mon propre exemple. Quelle tristesse.

34.

J'ai peine à évaluer le temps qu'il me reste à vivre. Mourir de faim peut prendre un bon moment, je suppose. Cela ne me fait pas vraiment sauter de joie. Il va falloir se regarder fondre des jours durant, se traîner de plus en plus péniblement vers les points d'eau. Il va falloir mourir sans gloire et seul au pied des cabinets.

J'étais si près du but, tellement certain que ma rancœur aurait raison de sa masse, que ma haine triompherait de sa graisse, à ce point persuadé qu'il était désormais écrit quelque part que tous les David l'emporteraient sur tous les Goliath, que je m'étais créé une famille de substitution, un clan réuni la nuit venue autour d'une partie d'échecs. La première équipe était composée de Jacques, son haricot magique et moi-même, la deuxième de Peter Pan et d'un troupeau de Lilliputiens. Le faible et le petit me semblaient devoir l'emporter toujours. Quoi de plus logique que de fréquenter les meilleurs parangons de leurs victoires ! La ruse était notre arme commune, les parties d'échecs forcément interminables. Quand le roi de Lilliput faisait grimper sur son dos la reine pour l'acheminer à l'autre bout du plateau, de mon côté nous soufflions : nous avions deux bonnes heures pour passer en revue toutes les stratégies susceptibles de nous sortir du mauvais pas dans lequel nous ne manquions jamais de nous mettre en début de partie, le haricot de Jacques étant souvent tête en l'air.

35.

Maman et moi allions au restaurant chaque mercredi, après son passage chez le coiffeur, un grand type très maigre qui semblait tenir debout par magie et dont les bras exagérément longs virevoltaient comme rubans au vent autour d'énormes choucroutes, dont j'imaginais que seul un charme pouvait les empêcher de s'écrouler au moindre souffle. Il accueillait Maman avec force gesticulations, celles que vous auriez si le Pape en personne pénétrait dans votre cuisine sans avoir été annoncé. Son débit verbal me tournait inévitablement la tête et, en quelques minutes, je terminais enseveli sous sa logorrhée dans un fauteuil à shampoing, avec Maman à ma droite, et à ma gauche une vieille abandonnée à son masque réparateur, tellement immobile que je la suspectais d'être venue là pour ne pas mourir seule. Une fois par mois, j'avais à passer entre les cent vingt mains de cette pieuvre en papier de soie : armé de ciseaux, l'animal me semblait aussi dangereux qu'une balle perdue dans un coffre-fort, et il m'arrivait régulièrement de plaquer mes deux mains sur mes yeux avec un cri d'effroi, tant je craignais que dans son agitation il me crevât un œil.

Au restaurant, notre arrivée provoquait un remue-ménage de même nature, mais à une échelle autrement plus importante : nous donnions un coup de pied dans une ruche. Le maître d'hôtel abandonnait sans autre cérémonie les clients qu'il venait d'accueillir et se ruait sur la porte avec un éclat dans le regard que je n'oublierai jamais. Les serveurs jetaient sur les tables plus qu'ils ne les servaient les plats dont ils étaient chargés et j'ai vu plusieurs fois une écrevisse bondir de sa faïence pour achever son périple dans l'échancrure d'une bourgeoise aussi rouge de colère et de honte que le crustacé perdu dans l'abîme d'étoffes et de chairs. Ils venaient nous saluer tour à tour, rivalisant d'affabilité et de sourires nigauds, avant de réintégrer le ballet culinaire, mais la tête n'y était plus et l'équilibre d'une chorégraphie parfaitement orchestrée, tout chamboulé.

Le mercredi, entre midi trente et treize heures, les clients du Café de Paris voyaient arriver des tartes au citron meringuées quand ils attendaient des ris de veau et des additions gigantesques quand ils n'avaient pas encore passé commande.

Il s'écoulait un bon quart d'heure avant que nous puissions nous installer. Notre table, la meilleure du restaurant, était invariablement fleurie d'une rose, de couleur différente chaque semaine. On cachait régulièrement sous le cône de ma serviette une bille ou une image, et je savais qu'elles étaient les bijoux et les fourrures qu'on n'osait ni ne pouvait offrir à ma mère, mais ma joie simple d'enfant n'en était pas entamée.

Maman recevait ces marques de déférence

avec un naturel déroutant, convaincue qu'on se comportait avec elle comme avec le commun des mortels. Il n'était pas rare que les clients qu'on délaissait d'une manière scandaleuse pour sa personne la prissent pour une vedette, et j'entendais des noms fameux se détacher des murmures, les patronymes des plus belles femmes du paysage cinématographique français et international jaillissaient des bouches pleines, identiques aux petits piments oiseaux sur le bord des assiettes, colorés et piquants comme savaient l'être les pseudonymes de l'époque. Le petit garçon que j'étais ne pouvait être plus fier, et je bénissais la candeur maternelle : sans elle, la pudeur gagnait et nous aurait ramenés à la maison tout de suite après le salon de coiffure. Ce sont là des moments de mon enfance auxquels je pense souvent, ou plutôt ils se manifestent à ma mémoire sans que je les sollicite, comme vous peuvent bondir aux yeux les images les plus douces de votre passé aux instants les plus cruels de votre présent. C'est un baume qu'elle vous étale sur le cœur, la mémoire, mais elle ignore qu'il est vite corrosif et qu'un souvenir pareil finit par vous détruire, quand l'espoir s'est tiré pour de bon.

36.

L'école a sonné la fin de la journée pour quelques dizaines de sales petits êtres.

Pourquoi la réminiscence de mon individu dans ses premières années d'existence ne m'effraie-t-elle pas ? Si l'idée même d'un môme me paralyse de terreur, pourquoi n'ai-je pas peur de mes souvenirs d'enfance ? Je ne songe à mes anciens camarades de classe qu'avec plaisir ; j'ai beau faire resurgir leur image et fourrer dans leurs mains des coutelas et dans leurs caboches des idées de meurtre, ils ne parviennent qu'à me faire rire. Mais nos névroses ont leur propre logique. Essayer de les comprendre comporte un risque : qu'elles fassent des petits. Ce genre de famille nombreuse n'est pas préconisée, car les seuls avantages dont vous bénéficierez seront ceux de la clinique psychiatrique.

Il est à présent dix-neuf heures, dix-neuf heures trente, mon charmant voisin d'en face me le signifie en insultant ce pauvre Billy, dont je ne saurai jamais s'il est homme ou animal. Ou autre chose, allez savoir. On a vu des fous parler à des lampes.

Les premiers jours, j'étais persuadé que la brute allait percevoir mes appels au secours, puisque je pouvais entendre ses obscénités. Mais mauvaise volonté de sa part ou manque de puissance vocale de la mienne, il n'est pas venu me sauver. Pire, il est demeuré le même connard bruyant et prévisible, hurlant à heures fixes chaque jour que Dieu fait.

Un des derniers jours de ma vie vient de s'écouler dans l'indifférence générale.

Un des derniers jours de ma vie, et certainement l'un des pires. L'existence est franchement mal fichue, qui nous inflige les moments les plus pénibles juste avant qu'on ne rende l'âme, quand elle devrait justement compenser ce méchant croc-en-jambe en le faisant précéder d'un excès de joie et d'allégresse. Comme si la mort ne se suffisait pas à elle-même, elle s'accompagne de douleur, de désespoir, d'abandon. Si c'est pour que nous ayons moins de mal à quitter la vie, c'est peine perdue, l'homme s'y accroche comme une sangsue, et jusqu'au bout il refuse de lâcher le peu qu'on lui a donné.

37.

Grosse femme, j'ai du mal à te suivre. Ayant une idée assez précise de ton degré de machiavélisme, j'ai peine à croire que tu ne sais pas exactement ce que tu veux, ni ce que tu fais, pourtant tes agissements sont un tel paradoxe que tu déconcerterais les psychanalystes les plus chevronnés.

J'ai devant moi un double cheeseburger et des frites.

J'ai devant moi deux petits containers bourrés de calories.

Du gras en voulez-vous en voilà, le bœuf en deux galettes qui se chevauchent, le fromage jaunâtre déjà figé entre les deux, le pain mou et luisant autour, des féculents dans du carton rouge et huileux. Un petit sachet de moutarde.

J'ai devant moi ce miracle, et je n'ose y toucher. S'il venait à disparaître, s'il n'était qu'un mirage ?

Impossible, j'ai bien entendu la clé tourner dans la serrure, et mon cœur stupéfait en a presque brisé les barreaux de sa cage thoracique, il n'attendait plus vraiment de visiteur dans cette vie.

Je suis étalé dans le couloir, immobile, le nez sur ce trésor, inhalant les relents de friture avec une jouissance incomparable, la bave qui goutte sur le parquet est celle du chien devant le poulet à la broche, et je suis juste un peu désolé que mes sauveurs soient ma femme et Ronald MacDonald.

J'ai englouti le tout, sans songer à l'éventualité d'un meurtre par empoisonnement, ni aux douleurs stomacales qui ne manqueront pas de suivre cette ripaille de sagouin, et moins encore à la prudence qui voudrait que je préserve une partie de l'offrande.

Je n'ai pas songé à la possibilité que ce repas soit celui du condamné.

Pendant les brefs instants qu'a duré l'absorption du festin, je n'ai plus pensé à quoi que ce soit.

Ma mère a disparu dans le gouffre de ma gueule béante.

Ma femme s'est dissoute dans les sucs de ma salive bestiale.

J'ai avalé ma vie et ma souffrance en même temps qu'un menu Big Mac.

Je fus un bienheureux le temps de quelques bouchées.

38.

Mes parties d'échecs nocturnes prennent de plus en plus la forme de batailles rangées. Il y a au sein du groupe des Lilliputiens trois ou quatre éléments extrêmement susceptibles, et lorsque Jacques, Henri – c'est ainsi que nous avons baptisé le haricot magique, à sa propre demande – et moi-même prenons un certain avantage dans le jeu, ils se groupent en cercle, leurs petits bras musculeux agrippant les épaules voisines, la tête baissée vers on ne sait quoi, comme une minuscule équipe de football américain pendant un temps mort. À cette minute, nous savons que ça va être notre fête. Cette branche ultra de l'équipe adverse s'organise dans l'impunité la plus totale, car il semblerait que si l'on est trop attaché aux apparences pour se mouiller à découvert, fermer les yeux sur les bavures de ses équipiers soit devenu monnaie courante chez nos adversaires. Le roi de Lilliput lui-même détourne le regard et entame avec un Peter Pan mal dans ses chaussons une discussion sur la maladie nerveuse du Capitaine Crochet. En quelques secondes, c'est une catapulte en Lilliputiens qui nous fait face, il y en a un tendu comme un arc et deux prêts à donner l'impulsion, et si nous ne trouvons pas rapidement de quoi nous mettre à l'abri, nous essuyons une pluie de pions en marbre. La première fois, une défense improvisée derrière un traversin nous évita la catastrophe. Depuis, nous nous organisons. Ces petites ordures n'ont pas même à craindre de procès en bonne et due forme, puisqu'elles bénéficient instantanément d'une grâce, octroyée par un signe de la main de leur roi, une main lourde de rubis et d'or, une main de monarque décidément bien décevant.

39.

Les jours passent, je crois. Ils passent, et à la fin de chacun d'eux, le bruit des clés dans la serrure me fait lever la truffe, comme le sifflement prévient l'animal que sa gamelle est pleine.

Chaque soir, mon dîner devant la porte.

Vingt heures, un bol de coquillettes, une petite part de pizza Margarita, une saucisseharicots verts. Portions réduites, mais portions quand même.

Je n'ai plus à me battre pour me nourrir.

Je n'ai plus à épier les allées et venues, à élaborer des stratagèmes sur le fil, à mettre en place des plans d'action.

Je n'ai plus rien à faire. Ma vie désormais se limite à attendre ma pitance.

Si lutter pour ma propre survie cultivait au fond de moi un fonds d'estime de soi, à présent cette terre est brûlée, noire et sèche comme du fusain, et il n'y a plus guère de vie dans les cendres.

La domestication achève mon anéantissement. Un lion faiblard a moins de chances en cage que dans son Afrique sans pitié. Idem pour l'homme, soyez-en sûr. Sans combat il se gâte et pourrit plus rapidement qu'un fruit talé.

Ainsi nourri, je vais crever très vite.

40.

– Viril ! Ce type est tout à fait viril ! C'en est même répugnant !

– Viril ? Tu trouves son caleçon à paillettes viril, toi ?

– Mais c'est le folklore du catch qui veut ça ! Regarde sa mâchoire, je t'en prie, ce type est un molosse.

Quand un couple marié depuis cinq ans peut passer deux heures à commenter une finale de championnat du monde de catch.

Quand il brode à quatre mains de soudaines épidémies de grippe pour fêter à deux, sous les couvertures, les noces d'une cousine franchement trop éloignée.

Quand une partie de strip-poker en tête à tête fait tomber dans l'oubli l'anniversaire d'une décennie de vie commune

Quand la vie est à ce point saturée d'enchantements naïfs qu'il n'est plus nécessaire de la garnir avec toutes sortes de commémorations,

Alléluia !

Alléluia !

Alléluia !

Jeune, je tenais le cynisme pour la calamité du siècle. Mon plus grand plaisir consistait à éclabousser des tablées entières de nihilistes de mon idéalisme brûlant et forcené : des coups dans l'eau mais un beau raffut. J'attendais le dessert car je savais qu'on me foutrait dehors, mon enthousiasme les fatiguait considérablement. Je risquais de réveiller le marmot utopiste nichant dans leur boîte de Pandore : j'étais un importun. Malgré cela, on ne m'aurait jamais fait admettre qu'une relation amoureuse, aussi intense soit-elle, puisse échapper au malmenage du temps. Je croyais aux miracles, mais il y avait des limites.

Et elle s'est mise à courir dans ma rue.

Douze années à marcher sur les nuages, un gaz dans les poumons qui n'était pas de l'air, un bruit unique dans les oreilles, ses éclats de rire.

J'y ai cru si fort !

Imbécile.

Plus crédule qu'une adolescente sur la banquette arrière d'une décapotable et qui croit dur comme fer qu'on est là pour regarder les étoiles.

J'y ai cru, mais vous-même y auriez cru. Indiscernable double jeu, maîtrise parfaite de l'art du mensonge, maestria de la dissimulation, tout humain aurait plongé sans vérifier la profondeur du trou d'eau. Mon trou mesurait douze ans et quelques semaines, et je n'ai compris qu'il avait un fond qu'en le heurtant.

Quand douze années de chambre commune n'altèrent pas le désir d'un cheveu, alléluia.

Mes fantasmes jusqu'au bout n'ont concerné qu'elle seule.

Je bandais chaque fois qu'elle se tenait nue devant moi.

J'ai toujours été fidèle.

Je suis l'idéal masculin de la grande majorité des femmes.

Voyez ce que j'y ai gagné.

Un saut de l'ange du grand plongeoir dans trente centimètres d'eau, ça vous donne une idée du choc. Peter Pan trouve la comparaison un peu exagérée, mais il est encore puceau.

41.

Ce soir, un avion en papier était planté tout droit dans mon hachis Parmentier. J'ai voulu vérifier s'il y avait des survivants : l'appareil était vide. J'ai vu dans la transparence de ses ailes qu'il était porteur d'un message, j'ai donc commencé par déguster le hachis, sachant que la lecture de ce document risquait fort de me couper l'appétit.

Je ne croyais pas penser si juste.

Non seulement mon appétit est coupé net, mais je ne sais si je vais conserver longtemps ce hachis là où il se trouve.

« Ta mère ne va pas tarder à crever dans le sang de ton père. Qu'est-ce que tu dis de ça, fils de pute ? »

Oh, moi, rien, je n'en dis rien. Si, je te supplie de m'abattre très vite, mais tout cela semble bien trop t'amuser pour que tu y consentes. Le cheval blessé sur le steeple-chase, je ne vois qu'une seule ordure capable de l'observer sans ciller, et les pattes comme un jeu de mikado, les naseaux frémissant d'horreur, tu es la seule à savoir en rire.

Tu es unique en ton genre.

J'essaie en vain de détecter dans un passé incertain la remarque inconsciemment désobligeante, le regard perdu un instant dans les courbes d'un corps qui n'était pas le tien, le geste irrespectueux et blessant qui ont pu être les architectes de cette exécration. Je me vois innocent jusqu'au dernier cheveu, véritablement, jusqu'au bout des ongles, des pieds à la tête, je vous abandonne le soin de parfaire la liste des expressions toutes faites, Peter Pan m'en ayant formellement interdit l'usage : il me croit écrivain et je n'ai pas voulu le contredire. Je me vois parfaitement innocent mais il faut bien qu'il y ait eu quelque chose ! La haine ne jaillit pas par miracle, elle repose sur du tangible, elle se traîne une genèse, et les premières répugnances qui l'enfantent en sont les motifs, les origines, les souches, sans quoi le monde serait franchement invivable. On ne hait pas au pif ! Il me faut découvrir une erreur, un impair, je ne veux pas purger ma peine en innocent, j'ai besoin d'être coupable, besoin d'être puni pour un manquement, aussi infime soit-il. Je ne demande pas grand-chose, le simple souvenir d'un rendez-vous oublié, un coït décevant, n'importe quoi fera l'affaire. N'importe quoi donnera un sens à cette folie. Vous n'allez pas me croire, mais je ne vois rien. Pas la moindre déception. Aveuglement ou démence, à moins qu'il ne se moque de nous, je vous entends penser, et vous ajoutez avec assurance que l'amour est inconstant, sa belle figure grêlée de déceptions indélébiles, et qu'il porte en lui ses propres bavures, inévitables. Je suis dans un jour pile, je vous répondrai donc que ma folle furieuse m'a aimé de tout son cœur malade et que l'amour parfait n'est pas une chimère de gamine en robe de princesse. Il existe ! Il est possible ! Mais mes convictions vont se retourner très vite, vous l'imaginez bien, aussi vite que le bas qu'on déroule sur la jambe désirée et encore inconnue, elles vont s'offrir un demi-tour d'une fulgurance comparable à celle qui a pu autrefois qualifier ma métamorphose en carpette.

Jour pile. Ma foi en la réalité de cet amour parfait aurait dû instantanément s'évanouir à la lecture de ce message envoyé by plane – je me demande d'où me vient cette capacité à faire de l'humour en pareilles circonstances –, message dont je vous rappelle l'essentiel : « Ta mère va crever dans le sang de ton père. »

Eh bien non. Pile demeure. Pile, un peu borné, rejette l'évidence en bloc, me farcit la boîte crânienne avec douze années de bonheur conjugal. Pile, je n'ai pas rêvé ce bonheur, il était bien réel, là, bien au chaud entre nos deux corps perpétuellement aimantés l'un par l'autre. Pile, et ma femme comme la déesse de l'Amour. Allez savoir pourquoi Face n'a pas surgi. La logique a semble-t-il définitivement quitté mon navire et j'ai la désagréable impression d'être la boule d'une roulette à deux numéros.

Autant dire que j'ai le tournis.

Nul besoin de préciser que le croupier est une femme avec un certain embonpoint.

Maman, nous allons dire que le monstre bluffe et qu'il tente de m'atteindre sans avoir le jeu pour. Nous allons dire que ta belle-fille est seulement une grande gueule.

On va se persuader de tout ceci pour ne pas d'horreur s'arracher les yeux, pour ne pas d'impuissance s'avaler la langue. Pour ne pas devenir fou totalement.

J'ai régurgité une partie du hachis Parmentier sur la moquette, à cause de l'image furtive du visage de ma mère rouge et poisseux du sang de mon père, image bien vite repoussée, puisqu'il y a bluff, nous avons dit.

Il y a bluff, alors nous allons bien. Enfin, aussi bien qu'on puisse aller dans mon cas. Ouais, on n'est pas au top, c'est vrai.

Je vais finir par aimer Weight Watchers. La pensée de ma mère parmi les adeptes de cette secte inoffensive dirigée par des gourous électroniques à la précision aux cent grammes, dont le pouvoir le plus maléfique se limite à indiquer la proportion de graisse dans votre masse corporelle, la pensée de ma mère parmi ces femmes en quête de leur bonheur dans des haricots verts éloigne mon effroi : nous ne sommes pas dans un roman noir, cette réalité-là ne peut frayer avec le crime. Je sais au fond que j'ai tort, mais laissez-moi oublier ces faits divers peuplés de braves gens qui finissent un couteau dans la poitrine dans une cuisine équipée. Je veux laisser le sang à la Mafia, les cadavres aux terrains vagues et aux hangars désaffectés. Mon père et l'élagage hebdomadaire de sa moustache, ses théories extravagantes sur le pouvoir insoupçonné des magazines féminins, les fines lunettes à l'extrémité de son nez comme au bord d'un gouffre me disent que ce réel est à un bout du monde tandis que la barbarie sévit à l'autre.

Les deux faces d'une même pièce ne se toucheront jamais.

Ma femme comme l'autre bout du monde.

Ma douce comme l'autre côté de la pièce.

42.

Je viens de faire une découverte désopilante : ma peur des êtres petits ne s'applique pas à mes partenaires d'échecs. Je n'ai pourtant jamais rencontré personnage plus court sur pattes qu'un Lilliputien, et un raisonnement censé voudrait qu'une telle apparition me redressât de terreur, sur mes deux pattes, sur mes pieds bien à plat sur le sol, debout enfin pour échapper au danger si proche. Peter Pan fait un mètre vingt et il est mon meilleur ami ! La voie de la guérison ? Je crains que non, puisque la soudaine pensée de la proximité de cette satanée école hérisse à l'instant même tout ce qui peut l'être sur mon pauvre corps, remué comme après un tête-à-tête avec la Mort. Je vous l'ai dit, rien n'a plus aucun sens dans ce cerveau boursouflé de névroses, chaque enflure est indépendante et contredit ses voisines, chaque bouffissure me grignote doucement l'encéphale, et ma raison est un raisin sec dans un champ de melons. Peter trouve la comparaison un peu exagérée, mais il n'a jamais aimé le melon.

43.

Le jeune type qui m'accompagnait sur les toits de la ville s'appelait Vladimir. Son Russe de père avait émigré en France à la fin des années soixante-dix, avec sous les bras cinq ou six garçons et quelques conserves de caviar dérobées au fournisseur d'un ponte de la Mafia moscovite. Il laissait au pays des dettes comme des confettis et une femme qui n'en finissait pas de mourir d'un cancer hésitant. Un Vladimir qui vous sort du chapeau pareille filiation, une grande tige anémique qui vous balance entre deux gorgées au comptoir la catastrophe de son enfance, et l'œil mouillé pour de vrai, il peut avoir le vertige, il peut même être manchot, attardé, pyromane, je ne le dénoncerai pas.

Chaque matin, il tendait vers moi ses longs

bras striés d'épaisses veines bleues, offrant son grand corps décharné à un lourd harnachement, composé d'un nombre infini d'instruments de mesure. Il se penchait en avant pour que je lui passe autour du cou divers appareils très coûteux, sur le côté pour que je le ceinture avec d'autres mécanismes dont les noms trahissent la complexité, et en arrière lorsque la carapace cherchait encore son équilibre sur cette frêle silhouette qu'on imagine conçue uniquement pour osciller dans le vent. La légèreté de mon attaché-case m'inoculait quelques remords, et chaque montée d'escalier me voyait éplucher un peu plus mon pauvre coéquipier, tant et si bien qu'à dix-sept heures nous avions le même poids sur les épaules et une complicité à toute épreuve.

Vladimir, qui avait seulement connu la Russie les six premières années de son existence, en parlait comme un manuel scolaire. Des images d'Épinal collées bout à bout, vodka, place Rouge et Lénine comme les piliers d'une civilisation, quelques mots bafouillés dans la langue pour colorer le tout, une naïveté merveilleuse. Et parfois, entre un tsar et une révolution, une anecdote véritable, un souvenir authentique, comme un petit diamant noyé dans la camelote.

Nous visitions chaque jour entre quatre et cinq toits. Vladimir me suivait jusqu'en haut et se débarrassait du fourbi, bien loin de l'endroit que je lui avais indiqué. J'étais cruel et son vertige me fascinait : rapprocher chaque jour davantage le garçon de sa phobie constituait un défi passionnant. Stupide, j'en conviens aujourd'hui, mais fabuleusement distrayant. Je montais des pièges, j'imaginais des appâts, des colères, des supplications, j'invoquais ma supériorité hiérarchique et menaçais de me jeter dans le vide. En vain. Le bougre hurlait, enrageait, m'envoyait au diable et sanglota même une ou deux fois.

Jamais il n'approcha à moins de deux mètres du vide.

Sur cette ligne, une démarche alarmée de loup et les yeux affolés qui reflètent l'incendie.

Un vertige épais comme un chêne, une angoisse à couper au couteau.

La frousse suinte du garçon par petites injures rauques tandis que je sautille bras en étoile sur un muret large comme deux poings. Le jeune fauve tourne sur lui-même avec une sévère envie de me faire payer cette torture injustifiée. Je n'ose plus descendre de mon promontoire, cerné que je suis par une jeunesse très colère. J'ai chatouillé une peur panique et vais sans doute essuyer une jolie bourrasque de reproches et leur version corporelle, châtiment encore timide à cause de cette hiérarchie qu'on n'oublie jamais : une main tremblante qui pousse mon épaule plusieurs fois de suite, manière légitime de se racheter un peu de virilité en invitant au duel.

Vladimir a dû souffrir beaucoup de ma disparition. J'étais un quatrième ou cinquième grand frère, un peu moins fougueux, un poil plus orthodoxe que les autres, dont j'avais serré les paluches en plusieurs occasions, des poignées de main à vous décrocher l'avant-bras. Vladimir m'invitait parfois aux réunions familiales. Je n'y amenais pas ma femme, tant il me semblait qu'aucun élément féminin ne pût pénétrer ce cercle d'âmes impétueuses. Je rougis fort, de surprise et de pudeur, le soir ou l'aîné nous présenta sa fiancée, une grande brune sans distinction qui rentrait dans cette famille comme une main dans un gant.

Vladimir a perdu en moi un frère, mais il a surtout perdu un supérieur qui méprisait assez les siens pour leur cacher l'aberration de ce type sur un toit comme une truite dans un arbre. Vladimir a perdu son job. Il n'y a aucun doute. Mon remplaçant n'a pas pu être dupe bien longtemps.

Vladimir a-t-il essayé de me retrouver ?

A-t-il remué ses longs bras nerveux sous le nez des flics pour qu'ils entament les recherches ?

A-t-il parlé à ma femme ?

44.

Il est entre dix-neuf heures et dix-neuf heures trente. J'aurais aimé faire savoir à mon cher voisin le caractère précieux qu'ont pour moi ses mugissements porcins, hurler dans sa face sans doute un peu sourdingue – on ne crie pas ainsi sans se fusiller les tympans – qu'ils sont un peu ma grande aiguille, pas vraiment précise, très souvent absente, mais la seule sur cette horloge sans chiffres et lisse comme une assiette qui fait ma temporalité.

Elle ne devrait plus tarder. J'ai depuis ce matin une envie irrésistible, pressante et obsédante comme l'amour.

J'ai depuis ce matin une grosse envie de la voir.

Une soif immense d'apercevoir ma femme glisser par l'ouverture de la porte une main grasse et blanche avec au bout une boîte en carton pleine de la même viande grasse et blanche, du porc grillé, du poulet pané, de la dinde en sauce. Un désir fou de deviner les traits de son visage dans la lumière dégueulasse des néons du couloir, les joues pleines qui lui font une face de lune, l'anfractuosité de la bouche entrouverte par l'application sur cette surface bombée comme un ventre, les deux billes d'ébène au-dessus, perçantes, à l'affût du plus petit remous dans cet appartement noir comme un four.

Je crains fort qu'à ma vue l'animal ne se cabre et ne claque la porte. J'ai bien peur qu'il ne prenne comme jamais ses pattes à son cou. La surprise sera de taille, je présume.

Il va falloir s'édifier une planque de chasseur, mais la place vidée de ses meubles rend malaisée la cachette. Où se dissimule-t-on dans le désert ? Les bras à moitié levés derrière ces gros cactus à trois branches ? Je n'ai de végétal ici qu'un parquet vieux comme le monde, et à moins d'y creuser une niche avec mes ongles, mon environnement naturel reste indifférent à mes doléances.

Mince. Je ne vois aucun moyen.

Après tout, c'est peut-être mieux comme ça.

Ah ah ! Vue ! Il y avait bien une cache dans cette entrée totalement nue : la porte. J'ai lové mon corps de rampant dans l'angle qu'elle dessine avec le mur, me renversant sur la tranche afin de sceller mes cannes à mon estomac, mes genoux à cette poitrine décharnée que je n'ose plus regarder depuis des mois.

Je n'ai pas eu à attendre.

J'avais oublié ce que c'était, de ne pas avoir à attendre.

Presque immédiatement le bruit de ses pas m'est parvenu, à demi étouffé par le mauvais bois de la porte, cette vieille porte que n'importe quel type à peu près valide aurait défoncée d'un simple coup d'épaule bien senti et que j'aurais aimée blindée, indestructible, assez solide en tout cas pour que je n'aie pas à sentir si fort cette foutue horizontalité qui m'intronise unique spécimen d'une espèce née avec moi, et qui disparaîtra avec ma guérison ou, plus sûrement, avec ma mort.

La savoir juste là, à un bras de distance, sa trombine ronde comme une pomme penchée sur le fourbi de son baise-en-ville, à la recherche d'un trousseau de clés aussi fourni que celui d'un geôlier – je n'ai jamais su ce que déverrouillait tout ce métal –, la savoir si près m'arracha un beuglement de plaisir.

Ne me demandez pas d'expliquer.

Mon incohérence m'est aussi mystérieuse qu'à vous.

Quand lentement la porte s'est entrouverte, j'ai pris appui contre le mur, ai déplié les jambes avec l'énergie d'un batracien et me suis propulsé dans le triangle de lumière.

Bigre ! il est sûr désormais que j'ai le cœur bien accroché.

Collez-moi le canon d'un magnum sur la tempe, je tremblerai moins.

Enfermez-moi dans la chambre froide d'une morgue et laissez-moi vous dire que c'est du gâteau.

Ce que je vis devait peser dans les cent vingt kilos et transpirait à grosses gouttes une eau malodorante. J'en conclus à une panne d'ascenseur et à une montée d'escaliers ardue.

Ce que je vis n'était pas loin de l'animal, rouge et mouillé comme un poisson tout juste arraché à son étang, mais gros comme ces créatures qu'on imagine habiter les abysses les plus sombres et qui peuplent les nuits des petits. Ce sont elles qui mouillent leurs draps de larmes et d'urine, et les enfants n'en dorment plus de honte et de rancune.

Ce que je vis était énorme. C'était ma femme.

J'aurais voulu ne pas rire, mais la terreur a tiré sur mes nerfs de toutes ses forces et libéré une hilarité qui devait pousser derrière depuis un bon moment.

La stupéfaction qui figea sa face écarlate n'arrangea pas mes affaires : jaillit de ma gorge une éruption de sons qui l'effrayèrent autant que moi. J'arrêtai net, terrorisé par les inflexions de folie dont mon rire était contaminé. Elle ouvrit grand la bouche comme pour relayer mon récital, mais il n'en sortit qu'un souffle méphitique, une haleine de cuisine sale.

Elle ne voulait pas crier : elle s'étranglait. La surprise, la peur et la haine faisaient sursauter son larynx et toute sa gorge convulsait, indépendante d'un corps immobile. Ses petits yeux étaient enfoncés dans son visage comme deux punaises dans un édredon. La peau autour semblait près d'éclater.

Elle a claqué la porte sur mon nez et mon effroi.

C'était fini. L'entrevue n'a pas duré plus de quatre ou cinq secondes. Juste le temps pour moi d'avoir la trouille de ma vie.

Juste le temps pour moi de comprendre que cette trouille est plus grave qu'il n'y paraît : c'est celle d'un mec amoureux d'un monstre de cent vingt kilos.

45.

Je ne veux pas en parler. Oublions ça. La haine peut ressembler comme deux frères à l'amour quand on est rongé de solitude. L'isolement vous pousserait à tomber amoureux d'un tabouret. Tout ça n'est rien d'autre qu'un autre sale tour de mon esprit. Le pauvre se coince ce qu'il peut sous la dent, il faut bien qu'il se nourrisse, alors il jongle avec les melons de ses névroses, attend que le hasard ou l'inattention en laisse éclater un sur le sol pour sucer son jus et goûter sa chair. Des bruits dans la tuyauterie auraient créé un autre délire, des grosseurs sous la peau de mon cou une divagation du même ordre. Par malchance, par simple malchance, c'est le fruit le plus pourri qui a crevé comme une pustule, mon obsession la plus dégueulasse qui m'a giclé à la figure. Rien de grave, au final.

Cela ne va me prendre qu'un instant pour me débarrasser de ce besoin d'aimer que j'ai bêtement pris pour de l'amour.

Si mon estomac parlait notre langue, il m'insulterait copieusement. Celle qu'il grogne sans arrêt m'est inconnue, mais une plainte n'a pas besoin de vocable commun avec celui auquel elle s'adresse, il saisit toujours qu'elle est une plainte. Je m'occupe à imaginer quel aurait été le contenu de mon dîner si j'avais été meilleur jongleur. Un morceau de calendos dans une demi-baguette encore tiède, un bon verre de bordeaux qui vous masse les papilles... Cette collation fictive est assurément meilleure que tout ce qui pouvait m'attendre, alors contentons-nous-en. Croquons à pleines dents cette croûte dorée, sentons le liquide rouge et lourd nous couler dans la gorge. Faisons preuve d'imagination et régalons-nous. L'idée de la matière a plus de goût que la matière.

46.

Vladimir soutenait que l'amour n'est qu'une invention de l'homme pour obturer les brèches d'une vie trouée d'air comme un fromage, et que cette peur du vide qui le paralysait s'évanouirait le jour où une poulette lui ferait perdre la tête.

Ce que Vladimir ignorait, c'est qu'il était incapable de perdre la tête pour une poulette.

Ce que Vladimir ignorait, c'est qu'il était de la race de ceux qui font perdre la tête aux poulettes. De cette tribu distillée dans le monde entier qui par son existence même fait plus de ravages dans les cœurs qu'une nuée de sauterelles sur un champ de maïs. Il ignorait son pouvoir parce que ce pouvoir consistait en une parfaite spontanéité, flanquée d'une absence absolue d'envie de plaire et de séduire. Le type du jeune homme irrésistible parce qu'il ignore qu'il est irrésistible, et qui se moquerait bien de celui qui tenterait de lui mettre le nez dans son pouvoir de séduction. Vladimir avait beau plier à la moindre bourrasque, les filles dans la rue tombaient devant ce roseau pâle et cette fragilité contredisant la rudesse qui filtre de Russie comme filtre d'Irlande une hospitalité gouailleuse ou de Corse une féroce indépendance. Tout échappait à sa conscience, jusqu'aux œillades incendiaires des étudiantes amassées dans d'étroits couloirs gris lorsqu'une fois par mois le programme de sécurisation des toits nous envoyait au faîte des bâtiments universitaires. Ce bouquet de filles accompagnait le mouvement de mon Russe comme celui du soleil et je voyais à la place des visages de gros tournesols jaunes, les cheveux blonds comme d'immenses pétales autour de faces abasourdies.

Vladimir ne voyait rien de ce manège. Lorsqu'il me désignait une fille du menton, c'était toujours de la dame très hautaine, de la trentenaire mariée à la naissance et sans amour à cette classe sociale qui vous offre comme alliance un tailleur au prix d'un petit appartement. C'est dire s'il s'attaquait au plus difficile, comme pour s'assurer la défaite.

J'admirais ce garçon, et tout me porte à croire aujourd'hui qu'il était l'ami le meilleur.

Elle se loge sans doute ici la raison qui me poussait à titiller son vertige : on ne torture avec délices que ceux qu'on aime.

47.

Reste à envisager les conséquences néfastes que pourrait avoir sur ma survie ce face-à-face inoubliable ; la spontanéité de mon éclat de rire, sa violence et sa démence auraient humilié la plus désirable des naïades, alors je n'ose imaginer l'attentat qu'il a pu perpétrer sur l'ego de ma femme.

Je suis contraint de prendre une possibilité – la moins agréable du lot – en compte : le poignet blanc et asphyxié au col par un bracelet de montre trop serré, il est possible qu'il ne paraisse plus dans l'ouverture de la porte pour me remettre chaque soir ma pitance. Aurais-je signé pour de bon mon arrêt de mort ? Impossible de l'affirmer ; l'aléatoire a trouvé en elle la personnification idéale. Le calcul des chances devient une activité divinatoire dès qu'il s'agit de ma femme. Je vous mets au défi de dénicher la moindre logique chez cet animal. Je suis à peu près certain que tous vos pronostics se casseront le nez sur l'insensé auquel elle me destine.

L'effet de surprise a connu avec ma femme une seconde naissance. Elle était faite pour écrire, la bougresse, et je me surprends à tirer une certaine fierté de m'être élu nègre d'un tel génie de l'inattendu. Mon histoire, elle en est l'initiatrice.

Mon aventure n'est que l'ombre de la sienne.

Les mains qui dessinent sur le mur les contours de mon corps décharné, ce sont les siennes.

Les doigts qui dans la lumière reproduisent ma bouche, ouverte en un cri flamboyant aussi rond que la lune quand une fois le mois elle monte pleine sur nos toits, ce sont bien les siens.

Somme toute, c'est elle qui écrit ces lignes, comme Hitler a rédigé en son temps, dans une cache faillible et triste, le *Journal* de la petite Anne Frank.

Elle est revenue. Elle est revenue et s'est surpassée en tous points. Je n'espérais pas une telle bombance : sur un mètre après la porte a dansé une soupière, encore chaude aux poignées, lourde d'un bœuf bourguignon authentique ; une branche de thym flottait dans la sauce avec le pacifisme d'un drapeau blanc.

J'ai supposé que ce festin méritait un peu de savoir-vivre, voilà donc mon drap crasseux plié en huit autour de son quartier le moins jaune, des mains propres et des ongles nets. Voilà un homme conscient de sa chance, toute relative soit-elle.

Ma position allongée enraye très vite cette soif de civilité en plongeant d'emblée ma barbe dans la sauce. Au diable le protocole quand personne n'est là pour l'apprécier. Les fourchettes et la bouche fermée deviennent absurdes quand on est seul au monde. Mes deux mains plongent dans la soupière, repêchant d'abord les morceaux les plus gros, laissant passer entre des doigts en tamis jus et carottes : l'énergie n'est pas dans ces seconds rôles culinaires, le succès pour eux viendra plus tard.

Alors voilà que je m'envoie un à un ces bouts bovins vraiment exquis, une viande tendre et goûteuse, d'une cuisson parfaite.

Du travail de pro.

Voilà que je racle le fond afin de réunir en une dernière boulette les miettes de chair, les filaments bruns abandonnés en route.

Je me débrouille pour qu'un seul essai suffise : la main sur la tranche, j'opère de droite à gauche un mouvement latéral, lent, méthodique. Les manières les plus frustes demandent de la technique.

Je racle bien, les doigts très légèrement écartés. La sauce circule dans ce bain et j'en régule le débit. Ma main parvient à l'extrémité ouest et sort de ce bassin les derniers nageurs : les meilleurs, ils sont fatigués et souples mais ont le goût fort des vaincus.

Entre les rondelles de carotte, les herbes cuites et les restes de viande à moitié dissoute surnage un flotteur suspect.

Un petit rondin blanc et visiblement cru.

Un appendice tranché net.

D'un côté, on voit un petit os qui dépasse.

De l'autre, un ongle.

J'ai dans la main un orteil.

Il n'y a aucun signe d'hésitation dans cette amputation, la chair à l'endroit de l'intervention est lisse comme un carpaccio.

Il n'y a rien à redire quant à l'exécution de la mutilation.

Du travail de pro.

Pour ce qui est de l'individu qu'on a dépossédé de cet orteil, j'ai peur d'avoir avec lui des liens peu négligeables.

J'ai peur d'avoir avec lui des liens de sang.

Très vite m'est revenu en mémoire certain accident d'avion, certain jour ; le souvenir d'une carcasse en papier échouée dans ma purée. Elle était tatouée à l'encre d'un message explicite en diable, s'il m'en souvient : Ta mère ne va pas tarder à crever dans le sang de ton père.

C'est bien ça que ça disait, non ?

Se convaincre d'un bluff de sa part à présent me semble compromis.

La salope n'agit comme personne : elle fait ce qu'elle dit.

La surface de ce doigt est imberbe : il n'appartenait pas à un homme.

Ta mère ne va pas tarder à crever dans le sang de ton père.

Si l'on y regarde de plus près, les cuticules de l'ongle sont teintées d'un reliquat de vernis rose

48.

Vous savez, le mercredi, les tentacules fous du coiffeur, l'agitation au restaurant, les accidents par dizaines et la jalousie acide dans l'estomac des bourgeoises comme une viande faisandée. Vous savez.

Après, on allait chez la manucure.

Maman, par-dessus tout, aimait le rose. Son côté princesse.

Rose bonbon.

Son côté cucul et ridicule. Vous avez le droit de le penser. Vos mères à vous sont certainement l'élégance incarnée...

Les conversations dans ce territoire exclusivement féminin finissaient par imprégner les murs, le papier peint dégoulinait de compliments infects et de ragots charmants. Les absentes avaient tort et les liaisons les plus improbables, les présentes une coiffure à tomber et un teint superbe. Une nuit suffisait à retourner les réputations comme des gants, et les plus irréprochables des épouses devenaient en vingt-quatre heures d'incorrigibles catins.

Rose. C'était la couleur qui magnifiait les deux dizaines d'ongles de ma mère.

La manucure rongeait les siens : c'était le début de la mode des faux ongles et cette blonde peroxydée trouvait le moyen de ronger ceux-là aussi. Finalement, une publicité comme une autre : voyez comme vous seriez laides, mesdames, sans mes services. Voyez ces doigts déformés et rouges, comme ils s'occupent bien des vôtres, comme ils en prennent soin, et le savetier mal chaussé est un de mes cousins...

Dans cet antre qui n'avait rien à envier à un palais de justice, on refaisait chaque semaine le procès d'une des clientes les plus fidèles, dont le seul tort était d'avoir un mari constamment en déplacement. Des mots durs la peignaient en garce, et qu'elle dépensât des fortunes en bains de pieds au sel de mer n'y changeait rien, la mobilité de son époux en faisait une putain.

Le lendemain, cette même putain poussait

la porte dans l'autre sens et redevenait reine de pureté.

Rose bonbon.

Ma mère, ici comme partout, était une vedette. Sur elle, un bijou, un foulard relançait les modes, ressorties là comme des dossiers classés trop vite, des amours mal enterrées. Sa folie du vernis rose contaminait l'ensemble de la clientèle. On voulait toutes des pieds comme les siens, à défaut de pouvoir plagier le reste.

Du vernis rose comme du sucre au bout des orteils.

C'est ton orteil, Maman, que j'ai dans la main. Quel autre, sinon ?

Ton pied avec un trou, désormais, morte ou vivante. Ta patte avec un creux, quoi qu'il arrive, par ma faute.

Pardon.

Toi avec un bout en moins, mais ma mère pour toujours. Pardon.

La chair pourrit. Elle empeste quand elle se décompose. Elle engendre la vermine.

Je vais devoir me débarrasser de l'orteil de ma mère.

Un enterrement n'étant pas envisageable, ne me reste que la chasse d'eau en guise de sépulture.

Triste fin, même pour un doigt de pied.

Je pense malgré moi au trajet qu'il va effectuer dans les entrailles de la ville, avant d'échouer où ? Puis-je vraiment me débarrasser ainsi d'un morceau de Maman ? La fosse commune à côté de ça a tout l'air d'une thalassothérapie.

Tant pis. Laissons-le développer des bactéries quelque temps à l'autre bout de l'appartement. Dans la chambre de ma femme. Des vers blancs et glabres à l'endroit même où, sereine, aimée, elle posait ses petits pieds d'ivoire. Des pieds complets. Cinq orteils chacun.

Maman, les circonstances de l'amputation m'inquiètent bien plus que l'amputation elle-même.

Les conditions de l'intervention me donnent du souci.

Ta mère va crever dans le sang de ton père.

Est-il déjà mort, ce père, et ma mère baigne-t-elle dans une grande flaque rouge, son sang mêlé au sien ? L'hémoglobine tout autour, c'est la conséquence immédiate d'actes chirurgicaux réalisés sans la moindre connaissance de la chirurgie.

Est-elle recluse dans une cave, ma mère, pleurant le cadavre de son époux dans la poussière mouillée, l'embrassant frénétiquement dans l'attente d'une résurrection, étalant ses larmes sur sa dépouille comme un baume de vie, tremblant d'espoir et de froid ?

Ignorer leur sort me plonge dans l'angoisse la plus totale.

La certitude de leur trépas me serait plus douce.

49.

Nous baisions beaucoup. Même à cette époque terrible où je mettais à l'épreuve son amour, des lieux publics subissaient l'outrage de notre désir, des restaurants nous flanquaient à la porte, et aussi des musées. Des cabinets médicaux. Des night-clubs.

Ces accusations d'atteinte à la pudeur ressemblaient à de basses vengeances, les verdicts, rendus par des dames pipi ménopausées, des médecins dépressifs et des videurs dont la frustration, née d'un défilé quotidien de jeunes et beaux fessiers tout juste majeurs et remués chaque soir sous leur nez exactement comme le rêve inaccessible d'une vie meilleure, constituaient en eux-mêmes des circonstances atténuantes à ce manque de diplomatie : nous accordions à ces déçus le pardon qu'ils nous refusaient, et, jetés dehors sans aucun ménagement, nous finissions pleins de compassion pour ces malheureux. Il nous arrivait de leur envoyer des fleurs, le lendemain, sans un mot d'explication.

Ils n'avaient pas ce que nous avions.

Et quand ma confiance ne tint plus qu'à un fil, quand la découverte de l'imposture ne fut vraiment plus très loin, eh bien je la pris violemment, férocement, comme pour m'approprier ce corps bientôt coupable de traîtrise.

Nous avons beaucoup baisé, jusqu'au dernier moment.

Notre dernière étreinte, à l'aube, les paupières closes, c'était le jour où je suis tombé. Il était sept heures. Mon réveille-matin avait ranimé nos consciences à demi et nos corps tout à fait. Les mains malhabiles trouvent le désir de l'autre et le flattent, dans un monde inventé sur l'instant et où le temps n'existe pas.

Sa peau sous mes doigts pour la dernière fois. Je ne le sais pas.

Un ultime coït, au petit matin, beau comme un baiser d'adieu. Je ne le sais pas.

Je ne sais pas qu'en une seconde de ce jour, un revers de fortune va me flanquer à terre.

Je ne sais pas que les insectes sont si gros et

qu'entre les lattes du parquet vivote une communauté ignorée.

Le point de vue des rampants, c'est à peine si j'en suppose l'existence.

Je suis encore debout et franchement ignare.

50.

Sa nuque est sans doute encore plus délicieuse maintenant, la chair délicate doit avoir acquis davantage d'élasticité, et faire du gras en cela peut avoir du bon. Faire du gras peut être une arme contre l'ennui, par exemple. Par exemple, vous avez sur le sol une plus grande adhérence. Et dans la boue la trace de vos pas subsiste un peu plus longtemps. On ne vous emmerde pas dans la rue quand vous êtes gros. Et dans la queue du cinéma, vous pouvez bousculer tant que vous voulez, les gens ont peur de vous et ferment leurs grandes gueules. Voyez, le surpoids a des effets pour le moins étonnants.

Voyez, les avantages de l'obésité sont innombrables.

L'obésité, si vous vous fichez du jugement des autres, c'est simplement la meilleure façon de vivre sa vie.

Avec l'obésité, vous êtes tranquille, personne ne vous parle.

Bien sûr, il convient d'éviter le croissant au beurre en public. La friture au restaurant. Les regards se font alors mauvais et stipulent en clair : pas étonnant qu'elle dépasse le quintal, la truie. Ferait mieux de brouter de l'herbe, la dinde.

Mais quand vous êtes gros, il faut vous ficher des autres. Sinon vous la vivez de manière très déplaisante, votre vie.

Ce que je cherche à vous dire, c'est que cette prise de poids ne ressemble en rien à de la faiblesse. Cette prise de poids pourrait très bien être un choix et, pourquoi pas, une stratégie. La finalité de la manœuvre m'échappe encore, mais j'ai perdu l'innocence première qui distribue aux évènements une simplicité souvent légitime, et tout désormais prend pour moi figure d'astuce, jusqu'au moindre envol de pigeon, jusqu'au plus petit craquement dans la charpente. Les objets complotent et même le temps qu'il fait a sûrement une idée derrière la tête.

Pourquoi a-t-elle grossi, puisqu'elle n'a pas grossi sans dessein ?

L'imagination qui me tient lieu de vie me projette dans la rétine grand nombre d'images obscènes, et j'ai l'air infiniment petit dans ces scénarios érotiques. Baiser une grosse, n'est-ce pas avoir les yeux plus gros que le ventre ? Ma femme comme un gros gâteau, une forêt-noire pour dix personnes.

Mon bourreau comme un beignet gras et plein, mon sexe dur dans la confiote et mes mains fichées dans la pâte.

Je ne devrais pas, mais j'en rêve.

La solitude, je vous dis, la solitude.

51.

Solitude, c'est vite dit.

Pas moyen de dépérir en paix.

Il y aura toujours, où que vous soyez, quelqu'un pour vous faire chier, jusqu'à ce que vous en creviez.

Elle est revenue. Avec ses valises, je veux dire. Elle s'est réinstallée. Oui oui, carrément.

Quand je vous disais qu'elle ferait perdre la boule à un médium.

C'était il y a quelques minutes. Autour de midi, je crois. Un fracas de retour de vacances, alliance sonore d'un cœur crachant sous l'effort et d'un bruit sourd de valise fatiguée écorchant les murs. Un vacarme a priori anodin, mais qui dans ma position fait dresser l'oreille, et pour un peu l'ascendance verticale de mon appendice auditif aurait fait la nique à mon horizontalité et aurait hissé ma carcasse vers le haut. Pour un peu, j'ai dit.

Ça veut dire qu'il n'en est rien et que je suis par terre avec une oreille droite alerte et ridiculement tournée vers la source du bruit. Voilà tout. Ai l'air d'un con, en somme.

Mon corps m'a répudié depuis des lustres, et c'est au tour de mon esprit d'abdiquer. Il a sué pour m'amener jusqu'ici, mais l'orteil et le retour du bourreau, c'est plus qu'il n'en peut souffrir. Je le sens, derrière mes yeux qui tiennent encore le coup, je le sens qui rompt et demande pardon.

Ce que je vois s'évaporer en un liquide opaque et rouge, c'est ma raison qui s'évade. Elle sort de ma bouche par petits flots réguliers.

Ce qui coule sur mon menton, visqueux, chaud et doux comme du miel, c'est mon sang. J'ai mordu si fort dans la chair de ma langue qu'elle a éclaté comme un fruit trop mûr. J'ai refermé la mâchoire sur moi-même. Maintenant l'hémoglobine se déverse dans ma gorge, avec son petit goût de métal si distinctif. Elle coule et j'avale, par courtes gorgées, mon propre corps.

Il semblerait que je sois en train de me nourrir de moi-même.

L'autocannibalisme est-il une pratique qui

vient de naître avec mon geste ? J'en arrive à penser que tout homme retrouvé mort de faim et sans morsures ne s'est pas battu jusqu'au bout. Il avait encore sous la main quelques litres de sang et des dizaines de kilos de bidoche à grailler.

Ce qui m'inquiète, c'est que là, pour le coup, je n'avais pas vraiment faim.

Ce qui m'ennuie, surtout, c'est que l'hémorragie n'a pas l'air de vouloir s'arrêter.

Quand elle riait, tout inconnu à portée de voix se retournait et se mettait à sourire. Si le rire se prolongeait un peu, c'était systématique, l'inconnu finissait par se tordre avec elle, avec nous, pour célébrer ce rire d'enfant, ce rire de femme, ce rire de tous les hommes et de toutes les femmes. Il n'y avait pas d'exception et, prise d'un fou rire à un enterrement, elle aurait fait s'esclaffer l'audience tout entière et, j'aime à le penser, jusqu'au prêtre que j'imagine cacher son hilarité derrière une bible tremblotante.

Quand elle riait, vous pouviez me faire avaler un bon nombre de couleuvres, car soudain l'improbable devenait crédible.

Il faudrait que vous l'entendiez, pour comprendre.

Il faudrait que je l'entende à nouveau, pour m'en taper une bonne tranche. Ça fait longtemps. Pique un fou rire, ma belle, à l'autre bout de l'appartement, et tu m'entendras glousser en retour, comme si tout ça n'avait jamais eu lieu. Comme si nous avions sorti nos pelles et réexpédié un peu de sable dans la moitié supérieure du sablier. Quatre ans de gravats, est-ce si lourd ? Je veux bien, moi, pelleter jour et nuit, si ce sable est du temps, si dessous je te retrouve, en short blanc, courant dans les rues de la ville comme après un rêve, et moi te courant après. Courant derrière le mien, de rêve. Je veux bien.

Je veux bien tout laver, nettoyer jusqu'à la dernière souillure ces années de mépris et de haine, si c'est la condition pour t'entendre rire encore.

Je veux bien oublier que tu m'as enlevé mes

parents et embrasser ta nuque, pour y signer d'un baiser ta grâce.

Quand elle riait, c'est la planète entière qui montrait ses dents et s'étouffait de bonheur. Je vous jure. Allez lui chatouiller la plante des pieds, si vous ne me croyez pas. Un petit guili quelque part sur le corps de cette vache et c'est vous qui serez plié en deux. Promis.

Ils étaient véritables, ses rires, sinon comment expliquer la contagion ? L'inconscient ne se laisse pas endormir si facilement, et un rire fabriqué sonne à l'oreille comme une sonate interprétée par un manchot.

Un sourd vous dirait qu'un rire factice se repère très vite, simplement au mouvement des lèvres.

Voyez, elle m'aimait.

Quand elle riait, en tous les cas.

Et quand elle ne riait pas ?

Il serait bienvenu pour ma sérénité qu'on me fournît une réponse.

52.

Je suis bâillonné. Une largeur de drap sale emmaillote ma langue meurtrie, et j'ai à présent la gueule ouverte comme pour hurler. Le tissu imbibé de sang s'enfonce loin dans ma gorge. Je manque à chaque instant de m'étouffer. Le secret, c'est de se concentrer sur la respiration par le nez.

Bien sûr, éviter la panique.

La panique, je l'ai compris tout à l'heure, affole la respiration et deux narines ne suffisent plus à engranger l'oxygène indispensable au retour au calme du cerveau.

Tout à l'heure, ses pas ont résonné dans le couloir. Il se sont arrêtés devant ma porte. Et depuis, plus un bruit. Vous comprenez ce que cela signifie.

Bien sûr, éviter la panique.

Elle est derrière la porte, et je n'ai aucune idée de ce qu'elle peut y fabriquer. Je fixe la poignée en fer-blanc à m'en faire sauter les prunelles, persuadé de la voir bientôt pivoter.

Une fois ou deux, j'ai bien cru... mais enfin non, j'avais simplement des papillons dans la rétine, pour n'avoir pas cligné des yeux depuis trop longtemps.

La question ne se pose plus, mais si j'avais été capable d'extraire de ma bouche d'autres sons qu'un gémissement liquide et écumeux, aurais-je risqué un contact verbal ?

Aurais-je imploré les réponses que je quête depuis quatre ans sous mon matelas, dans mes souvenirs, dans la vue carrée de ciel qui constitue ma seule fenêtre sur un monde qui oublie trop vite ses disparus ?

Entre les lattes du plancher, j'ai cherché.

Dans les méandres de mon passé boiteux, j'ai fouiné.

Dans les lignes de ma main.

Dans les entrailles minuscules d'insectes rampants.

Rien. Pas d'éclaircissements.

Le monde entier veut me maintenir dans l'ignorance.

Merci les gars.

Oublions les réponses, ce ne sont pas elles

qui me sauveront la vie. Ont-elles sauvé la vie de qui que ce soit ?

Ce goût de sang dans ma bouche ranime mon instinct de survie comme un doux fumet un appétit étiolé. L'ogresse est à deux pas, et pour moi à cinq ou six poussées de coude. L'homicide peut en temps être aussi proche.

J'ai toujours sous mon traversin les éclats de verre raflés dans la cuisine à la suite de la chute du bocal, souvenez-vous, juste avant son déménagement. Ils étaient à l'époque la certitude de ma réussite. Mon glaive rédempteur. Je vais les sortir de là comme Arthur l'épée et en faire l'instrument de mon affranchissement.

L'ennui, c'est qu'elle me sait en possession de ces objets tranchants. Sa maladresse était feinte, et l'abandon à l'ennemi d'une telle arme avait tout d'une ruse.

Comptons sur les défaillances de son esprit malade et espérons une inconstance. Un oubli, un seul. Qu'une chance me soit offerte, bordel, je ne demande pas les Bahamas. Je demande un combat à la loyale.

Ils sont dans ma main, les éclats, et je choisis

le plus gros, qui est aussi le plus acéré, le plus tranchant de tous. J'enferme sa base dans un morceau de drap et serre fort le poing sur ma liberté. La porte est là, n'attendant plus que d'être ouverte sur mon sort prochain, sa béance pour un face-à-face ultime. J'ôte de l'autre main l'étoffe crasseuse et ensanglantée qui obstrue mon gosier – je vais avoir besoin de respirer à pleins poumons.

Vous dire quelque chose, si les évènements ne tournent pas en ma faveur.

Allez vous faire foutre, tous autant que vous êtes.

Allez vous faire foutre, vous qui vous plaignez de ne pas pouvoir vous payer de vacances, vous qui faites la gueule parce que votre gros cul ne rentre pas dans cette robe en solde, vous qui trouvez la vie invivable.

Invivable, la vie ? Laissez-moi rire.

Au fond de mon trou, je la trouve encore belle, la vie.

Encore belle, la vie, alors que je m'apprête à tuer la femme que j'aime.

Peter Pan dit : tout ça n'est qu'une partie

d'échecs. Un gagnant, un perdant. Mais tout le monde y aura perdu quelque chose en route. Pions, fous, des petites parties de nous abandonnées sur les côtés du jeu. Vivre, enfin, et jouer avec bonheur, même si les chances de gagner sont minces.

Il dit aussi des conneries, beaucoup, mais là, pardon, il n'a pas tout à fait tort.

53.

Le jour où je suis tombé, la neige couvrait la ville comme un voile de mariée. C'était beau. Ou peut-être n'y avait-il pas de neige, mais un vent à vous couper les pattes. Ou rien de tout ça, quelle importance. Vladimir m'attendait au bureau, réchauffant ses mains graciles sur une tasse de café bouillant. Ou un bol de chocolat. Ou rien de tout ça, car peu importe.

Ce qui importe, c'est que ce matin-là, je suis tombé pour ne plus me relever.

Ce qui importe, c'est que j'allais connaître un génocide intérieur.

Tout un tas de petits décès, d'un seul coup, la mort instantanée de centaines de certitudes, massacrées en une seconde, disparues à jamais, sacrifiées sur l'autel de l'inimaginable.

Le toit que nous devions visiter était celui d'un gymnase. À l'intérieur, une finale inter-lycées de basket-ball féminin n'avait pas attiré les foules : deux douzaines de spectateurs applaudissaient mollement, et jamais quand il aurait fallu. Et pourtant, le niveau était élevé, les filles jolies et combatives, les jambes longues et blanches, les genoux abîmés par des chutes sur le parquet ciré ou des étreintes adolescentes sur le sable d'un square à minuit.

À notre entrée, toutes ces grandes filles saines se sont tournées vers nous – il serait plus juste de dire vers Vladimir. Elles se sont immobilisées, les bras le long du corps, et j'ai cru un instant avoir face à moi un baby-foot à taille humaine, prêt à se laisser manipuler par un nigaud.

Un nigaud, Vladimir, qui a tourné la tête

pour se faire une idée de ce qu'elles pouvaient mater ainsi, toutes ces géantes aux jambes nues.

Bien sûr il n'a rien vu, l'échalas, mais il a fait semblant d'apercevoir un truc suffisamment époustouflant pour stopper un match inter-lycées de basket-ball féminin.

Voilà exactement pourquoi ce type, je donnerais ma vie pour lui.

On a repris le chemin du toit, sans un commentaire, et cet instant est le dernier qui se soit approché de ce que nous nous contentons d'appeler, avec un manque de précision lamentable, le bonheur. L'innocence de ce garçon, ma conscience de son innocence, la tangibilité de ma fascination pour cette incarnation de la pureté, tout cela me rappelait quelque chose.

Ça me rappelait ma femme.

Sur le toit, les choses se passèrent d'une manière que vous pouvez difficilement imaginer.

Vladimir déposa le matériel à une distance qu'il jugea raisonnable – pour lui, il s'entend.

Loin du bord, ça veut dire.

À l'aide d'un niveau, je commençai par jauger l'équilibre du parapet encerclant la plate-forme, sur laquelle, me confia le gardien, un vieillard qui devait fermer la bouche après chaque mot pour y retenir un dentier fugueur et jaune, « tout un tas de voyous s'installaient pour fumer des joints en regardant on ne sait quoi ». Les mesures étaient conformes à la législation. Sa hauteur, en revanche, était hors-la-loi de quatre centimètres. La belle affaire. Quel job à la noix. Quatre centimètres en plus vont-ils sauver ceux qui veulent mourir ? Parce que ne vous faites pas d'idées, on n'est pas au cinéma, les seuls à plonger sont des suicidaires. Je n'ai pas eu, en dix ans de carrière, un seul homicide. Seulement de pauvres types désespérés, encore assez curieux pour se taper une dernière sensation inédite avant de crever sur le pavé.

Quand on veut sauter, on saute.

Tandis que je suis en train de pisser le sang, seul et à peine capable d'écrire ces mots, toute cette hypocrisie qu'on nomme sécurité me semble soudain salement futile.

Je montai sur la corniche, bien décidé à chatouiller le vertige de Vladimir, scrutant le ciel bleu, ou gris, ou blanc, à la recherche de ce qui pourrait le faire hurler de rage et de peur. Sa colère me plaisait. Elle explosait comme un attentat à la bombe. Sans prévenir. Pure et irraisonnée.

Je marchais en équilibre sur le parapet, dont je n'avais pas encore métré la largeur, mais il me semblait mince, beaucoup plus étroit que ce qu'exigeait la réglementation. Je regardais mes pieds râpant le ciment, et je peux vous dire que lui non plus n'était pas aux normes. Une patinoire, ni plus ni moins. C'était très dangereux de laisser des mômes venir faire les idiots ici. Les accidents étaient rares, mais un jour ou l'autre, une chute pourrait briser la vie d'une famille et mener le gardien, son dentier, sa xénophobie et quelques fonctionnaires incompétents devant les tribunaux. J'étais ennuyé pour les premiers, beaucoup moins pour les seconds.

J'avançais, un pied après l'autre, les bras en croix, cheminant sur le fil comme un équilibriste aviné, me creusant la cervelle afin d'offrir à mon Russe supplice un brin plus angoissant.

Vlad, déjà, protestait. C'était bon de l'entendre avoir peur pour moi, peut-être plus qu'il n'aurait jamais peur pour lui-même.

J'avançais en jetant un œil, de temps à autre, sur mes pieds. Quand même, je n'étais pas si fou que ça. Je tenais à la vie. Mes pieds, ils étaient passés dans les chaussures à crampons réglementaires, du genre qui ne dérape pas. Du genre qui ramasse tout un tas de saloperies et les trimbale tout le jour sans que vous ne vous en rendiez jamais compte. Une espèce de grolles d'alpiniste, censées vous garantir une incomparable adhérence au sol. J'avançais en faisant le pitre, à la recherche d'une innovation en matière de torture mentale, quand je vis, coincé dans les dents de ma chaussure gauche, un morceau de papier blanc. Je me penchai pour le saisir, ce bout de papier, parce qu'il n'avait pas l'air souillé. Sans autre raison, je vous assure, et ne foutez pas des signes du destin là où n'interviennent qu'inconscient et réflexes. Inutile à présent de s'en prendre à quiconque, puisque les choses sont ce qu'elles sont.

Elles sont ce qu'elles sont, et ce minuscule bout de papier a fait ce que je suis.

Je l'ai décroché de ma semelle. Il était déchiré sur les bords et de la taille d'un huitième de page de cahier d'écolier. Quadrillé et plié en deux. Je l'ai ouvert et j'ai lu : « ... bouffe un sushi de plus, je vais le gerber avec toutes ces années de... » Ça, c'était la première ligne, simplement. Une fin de phrase. La deuxième semblait partielle, comme la première, mais ni un début, ni une fin. Cela disait : « ... encore baiser et mentir à m'en rendre malade... » La troisième n'était pas lisible, et les seules lettres qu'on pouvait deviner étaient celles qui possédaient une barre ou une boucle supérieures.

Vous vous en doutez, l'écriture était celle de ma femme.

Ce n'est pas tant la signification du texte qui a provoqué la chute, que le langage employé. Elle usait habituellement d'un idiome châtié que je m'amusais souvent à parodier.

Comme c'est drôle. Si dans ses mots j'avais reconnu la femme que j'adorais, j'aurais froissé ce papier en boule et l'aurais lancé dans le vide, heureux d'être encore capable d'envoyer se faire mettre l'évidence. Et je serais debout, sans doute. Amusant, non ?

Mais ce jour-là, c'est moi qui me suis fait mettre par l'évidence.

Un double de ma femme avait surgi entre mes mains, sur un toit de gymnase de banlieue.

Un double qui se révélait être la pièce d'origine.

Debout sur la corniche, je ne ressentais plus grand-chose, et ce vide à ma droite comprenait de quoi je voulais parler. Ne me demandez pas de peindre fidèlement ce néant qui s'ouvrait devant moi, je vous mentirais si j'affirmais en être capable.

D'accord, d'accord, une phrase là-dessus : fermez les yeux et imaginez-vous tomber dans un trou noir et sans fond.

Eh bien, ce n'était pas du tout ça.

À présent, rappelez-vous vos pires cauchemars, vos craintes les plus insensées, vos terreurs d'enfant.

On est encore bien loin de ce qu'un homme, debout sur une corniche, a senti s'infiltrer dans ses fringues un jour de mai, de novembre, de neige ou de vent.

Vladimir piquait sa crise, tapait du pied. J'étais immobile et sourd, presque aussi pâle que lui. Quand même, je devais tanguer dangereusement, parce qu'il s'est mis à chialer comme un gosse.

C'est à cet instant que je suis tombé.

Par terre, je veux dire.

Du côté gymnase, il s'entend.

Je serais mort, autrement, vu la hauteur du bâtiment. L'aurait peut-être mieux valu, mais je n'ai pas choisi mon point de chute.

C'est ce coup de vide comme un poing dans le cœur qui m'a fichu le vertige. Pas le vrai, le mesurable, le concret qui plongeait à ma droite. L'autre, vous savez, celui qu'on pense être seul à connaître, ce beau salaud qui vous laboure l'intérieur du crâne pour y replanter... rien du tout.

Détrousseur d'émotions

Pickpocket de désarrois.

Depuis cet instant, la vie en position horizontale est seule supportable.

J'ai le vertige.

Sévère, en l'occurrence, le vertige.

Parce que celui de Vladimir, il s'est dissous bien vite dans une belle inquiétude maternelle, et cent kilomètres de vide à proximité n'auraient pas empêché mon bonhomme de venir noyer de larmes et de reproches mon corps étendu sur le bitume. Mon silence et ce vide infini qui certainement débordait de mes yeux ont conduit sa main vers le morceau de papier, que mes doigts inanimés serraient encore, comme ceux des soldats peuvent serrer longtemps après la mort l'arme qui ne les a pas sauvés ou la photographie d'une fiancée qu'ils n'épouseront pas. Ou bien sa dernière lettre, peut-être, la correspondance d'une fille qu'ils aimaient parce que c'est la guerre qui veut ça, et que sans avenir à défendre ils ne se seraient pas donnés à elle.

À la guerre, je veux dire. Pas à la fiancée.

Il a compris tout de suite, Vladimir, vous pensez bien.

Et c'est marrant, parce que c'est lui qui en a fait une boulette, de ma condamnation à mort, et c'est encore lui, le phobique, qui a grimpé sur son angoisse étroite et glissante pour envoyer très loin dans les airs la petite boule de haine.

Si ma femme avait été là, j'aurais compté un homicide au nombre de mes décès professionnels.

C'est encore Vladimir qui a menacé les urgentistes d'envoyer ses cinq, six, douze frères leur rendre une petite visite s'ils refusaient de m'anesthésier avant de me transporter sur leur civière, à un mètre du sol.

Il était là, à mon réveil. À ma gauche. À ma droite, ma femme.

À ma droite, le vide.

Je suis déjà dans la pièce que j'occupe depuis quatre ans, un bureau dans lequel on a traîné pour l'occasion un matelas poussiéreux. On n'a pas eu tort de parier qu'un retour à moi sur les hauteurs du lit conjugal poserait problème.

Vladimir, toujours.

Que ma femme est belle, penchée sur mon visage, jouant l'inquiète, mimant à la perfection une anxiété grelottante. Ses lèvres tremblent.

Bon dieu, ses lèvres tremblent !

Vladimir, avant que sa pudeur ne le pousse dehors, m'envoie le regard de qui a saisi l'affaire. Des yeux de copain averti.

C'est la dernière fois que je le vois.

À présent, seul avec ma femme, je me sens plus seul que ce con de Robinson sur son île. Il va pourtant falloir parler, adresser quelques mots à ce gouffre qui me souffle au visage de vilains mots d'amour.

Qu'elle sache, au moins, cette salope.

– Que tu saches, au moins, salope.

Qu'elle dégage au plus vite, puisqu'elle ne m'aime pas.

– Dégage d'ici. Je te dégoûte.

– Qu'est-ce que tu dis, mon amour !

– Je dis que je sais tout. Les sushis, les chevaux, l'imposture… je dis que tu es la plus belle salope que le monde ait jamais portée.

– Merci.

– C'est un plaisir.

Elle se lève, fière comme seuls les démasqués peuvent l'être, et dans un souffle :

– Bravo. Fortiche, le mari.

Ouais, fortiche, mais à terre.

Voilà. C'est exactement comme ça que ça s'est passé. Juré.

Enfin, selon moi.

54.

Actuellement, je pisse le sang de trois endroits distincts. Le premier, c'est l'épaule, qu'une méchante coupure colore de vermeil. Le second, c'est le flanc droit, qu'une éraflure moins profonde mais tout aussi sanguinolente parcourt, de la hanche à l'aisselle.

Ma langue, quant à elle, outre la même hémoglobine, sécrète un pus jaune et doucereux, quelque part entre la moelle de l'os et la crème aux œufs.

Tout ça répand sur le sol un sacré foutoir.

Il faut dire que j'ai pris une raclée.

Derrière la porte, c'est un truc plutôt énervé qui guettait ma sortie. Cent cinquante kilos furieux pour une raison qui m'est toujours inconnue, un quintal et demi transpirant la haine et le ressentiment, fleurant mauvais la friture bon marché. Des dizaines de milliers de calories dans un ensemble de coton rouge et huileux.

Une grande chaîne de restaurants de fast-food devrait songer à changer de mascotte.

Mon poing fermé sur l'éclat de verre, j'étais parfaitement confiant, et j'ai ouvert la porte sans crainte aucune, comme si la peur, à force d'être sollicitée sans cesse au même endroit et par la même personne, m'avait envoyé me faire foutre. Face à ce morse, il n'y avait pas autre chose à faire que foncer dans le tas. Je l'ai eu à la cuisse, presque immédiatement.

La suite fut moins héroïque, puisque très vite on m'arracha mon arme pour la retourner contre moi.

Sale moment, je peux vous le garantir.

Je me suis plus ou moins laissé trouer la

peau, par amour, je l'admets, puisqu'à présent il n'est plus question de se fatiguer à mentir.

Pour être tout à fait honnête, je l'ai regretté instantanément, parce que ça a fait mal.

Oh oui, une douleur très surprenante.

Pour un peu, je perdais connaissance.

Irrité par ses attaques, j'ai réintégré mon territoire, lui claquant la porte au nez, d'une manière que je jugeai impolie mais parfaitement méritée. Peter Pan m'en a fait le reproche, soutenant que pareille attitude envers les dames n'était pas digne d'un joueur d'échecs.

Petit con.

Alors je lui ai tordu le cou, à Peter Pan, parce que quand même, toutes ces conneries qu'il n'arrêtait pas de nous débiter, au moment où le silence s'impose, ça commençait à sérieusement nous saboter le système nerveux, à Jacques et moi.

Faut pas trop nous énerver, Jacques et moi.

Voilà, c'est dit.

On n'y reviendra plus.

Un coup de coude bien envoyé et la porte s'ouvrit brutalement sur ma femme, adossée au mur d'en face, prodigieusement calme et occupée à décortiquer des noix. Le parquet du couloir était littéralement couvert de coquilles. De chaque côté de ce rongeur boulimique, des empilements de boîtes de conserves, de brioches, de paquets de biscuits constituaient deux remparts consommables, propres à assurer au mangeur moyen plusieurs semaines de subsistance.

La garce savait que je pointerais ma truffe à un moment ou à un autre. Le problème de l'attente, elle l'avait résolu en ramenant un supermarché dans le couloir.

À choisir, je n'aurais pas abîmé sans autre préavis sa cuisse belle et grasse et l'aurais questionnée sur le sens de cet étrange bivouac, mais ma langue infectée me laisse à peine la liberté de gémir comme un moribond.

Que de guerres déclenchées faute de pouvoir communiquer.

Et tant d'autres qui perdurent parce que

dans chacun des deux camps, on a oublié l'existence du mot paix.

À sa vue, il m'est monté à la gorge, ce mot, mais un bouchon de sang et de pus lui en défendait la sortie. En trois coudées j'étais sur elle, bien résolu à ne pas me laisser attendrir par un regard implorant, mais on est bien trop fière pour ces défenses de faible femme. On a préféré attendre le coup auquel aucun moyen d'échapper assez digne ne se présentait, puis tirer de sa propre chair une lame abandonnée là par bêtise ou par amour où est la différence et me larder le cuir avec enthousiasme.

Ni elle ni moi n'avons émis le moindre cri de douleur ou de rage, et cette rixe s'est achevée dans un bruit de souffles, d'étoffes déchirées et de craquements de vieux parquet.

Ce mutisme octroyait aux choses la même réalité tragique qu'une minute de silence alloue à un attentat meurtrier.

Sacrément amoché, je suis tout de même parvenu à m'arracher des bras énormes, aussi puissants qu'un étau de menuisier mais pour leur malheur couverts d'huile de friture et suffisamment glissants pour que je m'en extirpe, comme le doigt bagué trop étroit qu'on savonne en dernier recours.

Une seule petite seconde ses yeux ont rencontré les miens, mais il y avait dans cette petite seconde deux mille ans de haine pour l'homme, une éternité d'amour pour moi.

Vous peinez à le croire, hein ?

Je peux vous promettre que les gros galets noirs qui brouillaient ma vue et annonçaient un possible évanouissement n'ont pas altéré mon jugement.

La douleur en aucun cas n'a modifié mon entendement.

Elle m'aime, l'œil ici n'a pas su mentir.

Elle m'aime, et qu'elle me troue la peau ne me fera pas changer d'idée.

Le trou que j'ai fait dans la sienne, de peau, va jusqu'à l'os. Le sang que la blessure déverse, là, juste derrière la porte, il en coule un peu par en dessous. Devant mes yeux nos deux fluides s'épousent, se fondent l'un dans l'autre en un acte d'amour par procuration. J'éjacule sur cette flaque rouge et prie sans joindre les mains pour que de l'autre côté de la porte quelqu'un ait un orgasme.

Pour que de l'autre côté de la porte quelqu'un soit encore en vie.

Jacques soutient qu'il y a déjà trois jours. Je nie avec force rotations du chef et, usant d'un dialecte débarrassé de ses consonnes, trop douloureuses à émettre, lui démontre preuves à l'appui qu'il n'y a en réalité qu'une heure. Ou deux. Pas plus. Il ne me comprend pas et je ne l'en blâme point : je suis un animal inconnu qui brame dans une langue primitive. Alors je me tais.

Mes blessures me font salement souffrir, mais il est bon de sentir son corps travailler et tenter de lutter contre le mal. L'état de ma langue, en revanche, prend une tournure assez inquiétante : en passant le doigt sur la purulence, j'ai cru sentir bouger quelque chose qui n'était pas moi.

Bien sûr, ne pas paniquer.

Dans ce cas précis, la solution la plus censée reste la négation du problème.

Un déni total, pour ne pas avoir à s'arracher un appendice fort utile en temps ordinaire.

Mon amour. Où en est cette béance dans la chair de ta cuisse ? Je ne t'entends plus remuer et me fais du mouron, j'ai l'inquiétude légitime de l'époux pour sa femme. Je sais que j'ai planté profond l'arme, et que sans soins sang et vie vont sourdre lentement et quitter le corps évanoui.

Le jour se couche dans mon carré de ciel, tirant à lui comme un voleur des draps de brume, sales et gris comme les miens.

Faut-il sauver ce monstre ?

Cela fait des mois que j'écris dans le noir. Mes ampoules ont grillé. La moitié du temps, je raconte à l'aveugle. Dans un coin de ma chambre, une boîte en métal déborde de mes excréments. La puanteur que ça peut donner, je ne la sens plus. La douleur est un truc efficace quand il s'agit de détourner l'attention.

Dois-je abandonner dans une agonie de sang la femme que j'aime ?

Je ne peux demeurer que sur le ventre, parce que percevoir cet espace entre le plafond et moi m'inflige une panique de crash d'avion et rôtit instantanément une bonne partie de mes facultés mentales.

Que feriez-vous, vous autres ?

Ouvririez-vous la porte ?

55.

Je l'ai ouverte. Elle n'est plus là. De la cuisine me parviennent des frottements et des râles.

Des signes de vie.

Je ne peux plus guère demander à mon bras gauche d'œuvrer pour moi, car si le sang a cessé d'en jaillir comme d'une outre crevée, le mou voir remue des chairs à vif qui visiblement ne demandent pas à l'être. Je me traîne donc du droit, tant bien que mal, jusqu'au bout du couloir.

Comment dire.

Ma femme est étendue au milieu de la pièce, entre deux rectangles blancs que jadis couvraient lave-vaisselle et réfrigérateur. Elle est à moitié morte. Allongée, elle paraît encore plus énorme. Une baleine échouée sur une banquise, voilà la piètre mais seule comparaison dont je sois capable.

Ses chaussures de tennis éclatent d'un peu partout, par usure et manque de place, et m'approchant, je reconnais l'effluve qui émane de l'une d'elle. Le même emplit l'air quand j'ouvre la bouche. L'orteil qui pourrit à l'autre bout de l'appartement, c'est le sien. À son endroit, la nature fait son sale boulot, déployant la gangrène jusqu'à la cheville. Le pied est foutu.

Ma femme est couchée sur le sol, mesure au niveau de l'abdomen une soixantaine de centimètres et revient doucement à elle.

Ma carcasse près de ce tas en à peine une seconde.

Ma figure sur la sienne en moins de temps qu'il n'en faut pour l'écrire, même dans le noir.

Les petites mains blanches, petites mains fragiles sur ce corps que vous n'aimez pas et qui soudain devient beau, vous savez, petites menottes frôlant votre peau si rêche, et sans vie, il y a encore un instant, sans vie et plus râpeuse qu'une pierre ponce, plus râpeuse, oui, vous savez comme tout à coup tout cela disparaît et devient douceur, chatoiement, merveille des merveilles par le simple toucher de ce petit doigt de cette petite main de ce petit corps accroché au vôtre comme s'il y allait de sa propre survie.

Vous savez.

À présent les mains sont gonflées et tachées de sang et à plat sur un carrelage froid et dégueulasse.

Un jour, une voiture qui flambe, un feu de signalisation qui refuse de passer au rouge.

Tant d'amour et tant de haine.

Tant.

Les cheveux longs et soyeux déployés sur l'oreiller comme la promesse d'un monde meilleur, vous savez, cheveux tout autour du visage adoré, longs et doux et inespérés, comme ils savent vous transmettre l'oubli.

Maintenant les cheveux sont courts et trempés de rouge.

Un jour, un enfant qui vous regarde.

L'oubli du pire, ils parviennent à vous le transmettre, les cheveux en soleil éclaté sur les draps le sofa le fauteuil club usé râpé jusqu'à la structure.

Nous nous observons un moment, ma femme et moi, une manière comme une autre d'arrêter la marche du temps.

Une manière comme une autre de ne pas prendre de décision.

Elle prend la première : elle prend ma main. La morte, l'invalide. Celle qui repose le long de mon corps sans vie, elle la presse entre ses paumes et la pose à l'endroit de son sexe. Si je voulais l'ôter de là, je ne le pourrais pas.

Mon bras ne m'appartient plus.

Je ne m'appartiens plus.

Si je pouvais l'ôter de là, je ne le voudrais pas.

Et puis elle se met à parler. Elle me dit montre-moi l'intérieur de ta bouche. Alors je lui montre. Elle dit que c'est en prévision de cet instant que j'ai développé cette manière de communication silencieuse. Mon silence comme le plus clair des discours. Carrément.

Elle en rajoute un peu, mais elle est en train de crever, alors je m'abstiens de tout commentaire.

Je suis de toute façon bien incapable du moindre commentaire, me direz-vous.

Je continue d'être bien plus loquace quand je la ferme. Ouais. L'achat d'un appartement. Un voyage au Sahel.

Savoir quelles horreurs ont bien pu lui être infligées pour qu'aujourd'hui nous soyons allongés ensemble sur ce pavage crasseux, tous deux bien infoutus de nous tenir sur nos jambes, c'est ce que je veux. Elle en est certaine. Dans la solitude désœuvrée de ma geôle, je lui ai d'office attribué une enfance malheureuse, j'ai empli ses jeunes années de sévices corporels, qualifié de bourreaux ses parents et ses oncles, de criminelle l'assistance sociale qui n'a pas su la tirer des griffes d'une famille de dégénérés dans laquelle les mariages consanguins devaient être monnaie courante. J'appartiens à cette majorité, elle dit, à cette majorité qui ne conçoit la haine que flanquée d'une genèse de brutalités et d'humiliations. Certes elle est bien présente, cette genèse, très souvent, commode au monde qui ne peut se passer de justifications, et peu nombreux sont les voyous qui se souviennent d'un gentil foyer gorgé d'amour. Leur mémoire est saturée de coups de règle, de leçons rentrées là à la force du poing, de réprimandes qui auraient l'air de jugements derniers si Dieu causait comme un maquereau.

Dieu, un maquereau.

Mais aucun oncle alcoolique ne l'a violée, ses parents ni ses frères n'ont jamais levé la main sur elle, et pas un de ses professeurs n'a profité de son innocence. De mort prématurée, elle n'a jamais porté le deuil que de celle d'un dogue à trois pattes qui ne l'aimait pas beaucoup.

Tandis qu'elle me raconte tout ça, je pense à ses blessures et à la vie qui s'en écoule doucement. Mes yeux sur ses plaies ses chairs meurtries son corps en peine et je ne songe pourtant pas à aller contre leur appel à la mort.

Elle n'a pas le souvenir d'avoir jamais été véritablement déçue ou trahie par qui que ce soit. Du plus loin qu'elle s'en souvienne, la vie n'a jamais été avec elle la salope qu'elle peut être avec la plupart des autres. Il s'agit de ne pas chercher un drame pour en faire un motif. C'était moi, c'était elle, un jour, quelque part, et cette combinaison-là a donné cette catastrophe-là, comme la réunion exceptionnelle de plusieurs produits inoffensifs indépendamment les uns des autres peut faire déflagrer une ambassade ou le siège social d'une entreprise bancaire. Les analyses sont les cataplasmes des faibles. Nous n'en avons pas besoin. Il est trop confortable d'imputer au passé les dérapages qui échappent à la raison. Une enfance malheureuse vous rend-elle moins coupable ? Que des gens aient éteint leurs cigarettes sur ses jeunes épaules la rendrait-il plus propre à recevoir le pardon ?

J'ai vraiment une sale mine. Elle me demande si je crois pouvoir sauver ma langue.

C'est vrai, ils font chier à la fin les flippés qui s'accrocheraient à n'importe quoi plutôt que d'admettre que tout ne s'explique pas comme un simple problème mathématique.

Il faudra que je leur dise, à tous, qu'elle les emmerde. « Promets. »

D'un signe de la tête, je lui notifie que sa dernière volonté sera respectée. Du sang coule à la commissure de ses lèvres blanches de ses babines tordues de sa bouche bancale et le haricot magique de Jacques, venu de je ne sais où, l'éponge avec l'extrémité sphérique qui lui fait office de tête.

« Tu leur diras aussi que je leur pisse à la raie, mais pour leur signifier mon sentiment je te permets d'employer ton propre vocabulaire. »

À dire vrai, le sien me convient parfaitement. Les mots qui circulent comme autant d'infimes saletés volantes dans le petit espace qui sépare nos deux visages sont les censurés de nos douze années de mariage.

« Tu diras à ta mère que je ne lui ferai pas l'affront de lui présenter des excuses. À ton père, tu ne diras rien, le pauvre vieux est mort l'année dernière. »

Ma main, toujours sur son sexe chaud mon rêve perdu ma vie dissimulée entre ses cuisses, ma main posée là se met à remuer très légèrement. Le haricot a un sanglot, ou mes oreilles me jouent des tours. Certainement comprend-il plus vite que moi.

Il est mort de chagrin de voir la raison de ma mère s'envoler chaque jour un peu plus. Il n'était déjà plus très solide depuis ma disparition. Pas assez solide en tout cas pour venir se frotter à la réalité de mon évaporation. Ce qu'elle leur a dit, c'était assez pour faire leur malheur à tous deux pour le reste de leur vie. Elle leur a dit qu'un matin je l'avais avertie sur le ton le plus neutre, une voix d'huissier de justice, l'œil de qui est déjà loin, que j'allais partir. Pour de bon, j'ai dit. J'ai dit que je n'avais jamais eu d'amour ni pour ma famille ni pour elle. J'ai dit que même, il m'arrivait souvent de les haïr et de souhaiter leur mort à tous. Et comme il n'était pas mon genre de me salir les mains, je préférais les effacer en me tirant. Une bonne fois pour toutes. Et qu'ils n'espèrent pas me revoir un jour, ah ça ! non ! elle a dit, enfin j'ai dit, enfin elle a dit que j'ai dit. Elle a extrait de ma bouche tout un tas d'atrocités du même acabit, stupéfaite et ravie que pas une de ses paroles ne soit mise en doute. Ils étaient assis tous deux dans leur cuisine tout équipée, accrochés à la table pour ne pas s'effondrer, les yeux pleins d'une terreur dont elle ne pensait pas un jour être la spectatrice privilégiée, et elle se souvient que ma mère grattait le vernis de ses ongles avec acharnement, et qu'aux cuticules elle y allait assez fort pour que les peaux se soulèvent et que le sang tombe en jolies gouttelettes pourpres sur la toile cirée vert anis.

Jacques, que je n'ai pas vu entrer, s'assied près de moi, comme un véritable ami et, je le sais, prêt à essuyer mes larmes si par hasard elles venaient à couler. Il ne sait pas que je suis dans une sphère où les larmes n'existent plus, où tout ce qui peut s'écouler de vous se résume à un néant salutaire, un vide qui vous engloutit pour mieux vous protéger de l'inconcevable.

Elle exige que je la baise, là, maintenant. Non, ce n'est pas ça, je comprends mal. Ses mots, ces petites saletés virevoltantes giclent très vite de sa bouche et arrivent en désordre dans les trous de mes oreilles. Elle veut que je lui montre l'intérieur de ma bouche, encore une fois. Oui, c'est ça. Elle me dit que ça bouge étrangement, là-dedans, et qu'il serait judicieux de déterminer la cause de cette activité sans tarder.

Certains trucs, il faut éviter de les faire traîner.

Peter Pan, dont je me souviens pourtant avoir méchamment tordu le cou, se radine, lui aussi, et s'assied auprès de Jacques. Il doit être d'accord avec ce qui vient d'être dit, puisqu'il opine du chef avec vigueur. Je prends conscience de la position peu naturelle de sa tête. En effet, tandis que son corps nous fait face à peu près, ce qui culmine est une nuque bouleversée et un crâne couvert de cheveux châtains. Je lui ai véritablement tordu le cou, à ce petit crétin.

Elle me demande de ne pas remuer et de laisser ma main où elle se trouve. Elle dit qu'elle n'est plus là pour bien longtemps.

Je lui suis toujours apparu comme un invalide qu'on aurait dépouillé de son invalidité, et me rencontrant dans un bus, elle m'aurait cédé sa place. Je donnais l'impression générale qu'il me manquait un truc essentiel pour pouvoir vivre comme les autres. Le jour où je suis tombé pour ne plus me relever, elle s'en souvient dans les moindres détails. La neige couvrait la ville comme un voile de mariée. C'était beau. Ou peut-être n'y avait-il pas de neige, mais un vent à vous couper les pattes. Ou rien de tout ça, quelle importance. Ce qui importe, c'est que ce jour-là je suis tombé pour ne plus me relever. Ce qui importe, c'est que l'invalidité qui me faisait défaut m'a enfin été octroyée.

C'est ce qu'elle me dit, cette vache, tandis que nous baignons dans son sang. Peter Pan se poile en entendant toutes ces conneries sur le fait que ne pas pouvoir me tenir sur mes jambes, c'est ce qui fait de moi un être fini.

Un jour, elle a croisé dans notre rue le voisin de l'immeuble d'en face. Il lui a présenté Billy, son cactus, qu'il emmène en promenade chaque matin. Le cactus était mort depuis longtemps, son aspect jaunâtre et rabougri ne laissait de place à aucun doute, mais elle ne pouvait décemment pas lui briser le cœur, comme ça, sur un trottoir. Elle a préféré lui adresser une lettre anonyme, et deux jours après le bougre se jetait d'un toit que j'avais visité, lui semble-t-il, il y a longtemps. Elle ne s'en veut pas. Un jour ou l'autre, il allait bien mourir, ce pauvre homme. Mieux valait pour lui crever pour l'amour d'un cancer que d'une saleté de cactus. Non. Pour l'amour d'un cactus que d'une saleté de cancer.

Elle me demande si je peux bander, encore.

Jacques s'enfonce immédiatement tous ses index dans les oreilles. Peter Pan, ce petit pervers, se fourre la main dans la culotte. Quant à moi, je fais ce que je peux pour répondre et contenter ma femme. Je bats follement des paupières pour lui signifier que oui, je bande encore. Je lui envoie tout un tas de clins d'œil, au cas où ma faculté à m'exprimer sans les mots se serait égarée dans le désir qui gonfle mon bas-ventre. Je me démerde avec des battements de cils pour lui expliquer que lorsque je bande, c'est à elle que je pense.

Elle m'ordonne de lui découvrir la poitrine. Sous l'étoffe, la peau éclate et se couvre de vergetures longues et épaisses comme de petits serpents.

Ses seins sont deux nœuds de vipères.

56.

Ses seins racontaient la découverte de l'Amérique. Ils étaient une initiation à l'astronomie. En les goûtant, vous compreniez soudain ce qu'avait voulu dire Mozart avec sa *Symphonie n° 25 en sol mineur*.

La grande muraille de Chine, c'était comme si vous l'aviez construite de vos propres mains.

Le doute est une notion qui n'a jamais existé quand vous avez dans votre lit cette femme.

Quand votre corps est tout contre celui de Christine.

Christine.

57.

Dès le commencement, elle m'a dupé en proclamant haut et fort son refus de procréer. Ma haine pour les enfants était si entière, à ce point assumée qu'elle lui a fait immédiatement envie. Ma façon anodine d'en parler comme d'une allergie aux fraises ou d'une inappétence pour l'art contemporain la laissait admirative. Elle a fait sien mon dégoût. On adhère si aisément aux thèses de ceux qu'on admire. Mais lorsqu'un matin je lui ai proposé d'être mère, quelque chose a bougé dans son ventre. Son envie d'enfanter a dérangé ses viscères. Elle savait que cette offre dans ma bouche n'avait aucun sens et qu'un homme ne change pas à ce point. Mais elle a dit : d'accord. J'ai pensé qu'elle mentait ; elle était sincère pour la première fois. Elle a dit : d'accord.

Depuis le premier jour, elle fonctionnait à l'imitation. Chacun cherche à ressembler à ses héros. Elle cherchait à être moi. Nous nous entendions bien, de ce fait, il est vrai. Nous étions *identiques*. Par chance, je n'étais pas homme à me créer des problèmes, et les seuls que je rencontrais, c'étaient ceux que j'avais avec moi-même. Par mimétisme, elle n'était pas femme à se créer des problèmes, et les seuls qu'elle rencontrait, c'étaient ceux que j'avais avec moi-même. Ils rendaient le plagiat délicat, mais elle s'en sortait plutôt bien. La contrefaçon exige de connaître la composition de l'article original. Elle pensait savoir de quelle étoffe j'étais fait. Jusqu'à ce que je lui propose d'être mère.

Elle me demande si j'y vois clair. Je ne comprends pas bien le sens de sa question. Elle me dit qu'il fait très noir, tout à coup. Elle secoue la tête en hurlant qu'elle n'y voit plus, et qu'il faut que quelqu'un rallume la lumière.

« Que quelqu'un rallume cette putain de lumière ! » crache-t-elle en même temps qu'un liquide noir et brillant.

La lumière est allumée. L'éclairage au néon s'écrase violemment sur le carrelage.

Elle est aveugle.

Je lui caresse doucement la poitrine, faisant glisser mon annulaire dans les vibices de sa peau crevée. Elle a retrouvé son calme. Je serai ses yeux. Elle veut que je n'oublie pas de lui faire signe quand je verrai s'approcher la mort. Du doigt, je dessinerai sur son corps les contours de sa silhouette, elle tient à savoir à quoi ressemble la garce qui va nous séparer.

Elle se met à tousser, et le silence qui tombe derrière comme une pierre, s'il est motivé par une incapacité provisoire à parler, nous sentons bien, Jacques, le haricot, Peter et moi, qu'il préfigure les réponses que je n'ai pas encore obtenues.

Ce que j'avais aimé chez elle, c'était moi. Elle ne m'avait rien donné d'autre à adorer que mon propre reflet, avec un chouïa de nuance, une petite objection située à l'entre-jambe. Ce que j'admirais en elle n'était que la réverbération de mes propres vertus, et j'ai fait l'amour à mon double pendant des années sans que l'adéquation parfaite de nos désirs m'apparût jamais suspecte. Il lui fallait savoir si j'aimais en elle autre chose que moi.

Un petit rire crépite au fond de ses bajoues, remonte soudain sur les lèvres et fronce un instant la peau du nez. Il s'en va mourir au coin de ses yeux qu'elle ferme à demi, et tout ça a un triste goût de dernière fois.

58.

Ce matin, j'ai emmené Maman chez la manucure. Ses petites mains fripées tremblent tant qu'on a dû les scotcher à la table. Mais elle est satisfaite du résultat. Ses ongles sont roses.

Rose bonbon.

Au Café de Paris, c'est à peine si l'on prit

note de notre arrivée. J'eus un mal fou à attirer l'attention d'un garçon en gilet, les bras chargés d'un gigantesque plateau de fruits de mer. Il me pria de patienter un instant et revint passablement furieux, un client s'étant plaint à haute voix de la qualité du service. La calvitie du bonhomme, les rides profondes autour des yeux, sa manière d'évoluer entre les tables comme s'il avait vu le jour sous l'une d'entre elles m'intimaient la certitude qu'il y a bien longtemps, un jeune homme qui lui ressemblait beaucoup en avait pincé pour ma mère. Je demandai la table près de la fenêtre, la meilleure du restaurant, celle qu'autrefois on décorait d'une rose, de couleur différente chaque semaine.

– Cette table est réservée.

– Je peux poser une réservation, pour la semaine prochaine ?

– Impossible.

– Pourquoi ?

– Une mère et son petit garçon y déjeunent chaque mercredi. Madame, ces fleurs ne sont pas comestibles. Sait-elle que les géraniums ne sont pas comestibles ?

– Cachez-vous des billes, sous la serviette de l'enfant ?

– Non. Nous y cachons des voitures miniatures. Le petit est fou d'automobile.

Dans un sens, cela ne m'étonnait pas. La vie se répète, à l'infini. Dans dix ans, une femme séquestrera son époux sans bien savoir pourquoi, lui-même se remettra debout aussi vite qu'il était tombé, une mère perdra les pédales et grignotera des géraniums, un petit bonhomme découvrira, dissimulé dans les plis de sa serviette et sous la forme d'un petit soldat, d'un jeu vidéo peut-être, la déclaration désespérée d'un serveur amoureux de sa maman.

Je commandai un bœuf bourguignon. Au restaurant, je ne mangeais plus que ça. Je me surprenais souvent à fouiller la viande, à l'examiner de près. J'y cherchais un élément suspect.

J'habite avec Maman, à présent, dans l'appartement où j'ai grandi et qu'elle a partagé durant quarante-cinq années avec mon père. Elle ne peut plus vivre seule. Les médecins disent que sa démence va encore progresser. Ils disent aussi qu'elle vit dans le passé, et qu'elle me considère comme un enfant de dix ans. Dans son esprit, nous sommes encore en mille neuf cent quatre-vingt. C'est la raison pour laquelle, m'expliquent-ils calmement, elle demande sans cesse où se trouve mon père. Lorsque je prends mes repas à la maison, j'utilise un maximum de vaisselle. Je découpe mon blanc de poulet en trois morceaux afin de salir autant d'assiettes. J'en souille une quatrième avec ma purée. Mon yaourt, je le mange dans un bol, avec deux cuillers. Faire la vaisselle l'occupe des heures durant et semble être la seule activité susceptible de lui procurer encore du plaisir. Parfois, aux alentours de minuit, je me relève et vais frotter des demi-tomates sur des plats en céramique. J'enfourne le tout et attends patiemment que ça brûle. Je sais que maman passera une bonne journée, le lendemain.

59.

Ma femme s'est tue. Ses yeux aveugles roulent mollement dans leurs orbites, comme deux roues de la fortune fatiguées. Pourtant je sais que derrière, elle est toujours là.

Derrière, Christine complote avec elle-même.

Je m'impose l'immobilité du promeneur des bois tombant soudain sur le spectacle d'une biche lapant l'eau de la rivière : il sait que le moindre geste mettra fin au miracle.

Je ne veux pas faire fuir la biche. Ma baleine, je veux la garder encore avec moi.

Le regard amblyope de Christine fait des ronds de plus en plus lents. Elle entrouvre ses lèvres laiteuses et tachetées d'hémoglobine et sort loin une langue raidie. Ce qu'elle fait en ce moment sous mes yeux horrifiés, c'est se lécher les babines avec délices. Même, elle exprime son plaisir par une série de petits sons intolérables.

Je me suis totalement planté. La larme qui serpente entre les paquets de sang séché accrochés à la peau du visage modifie la signification des petits cris. Ils ne sont pas des gémissements de plaisir. Ils n'en ont jamais été. Ce qui geint ainsi, c'est sa douleur infinie.

Elle a mal.

Elle ne peut pas me voir, et pourtant ses yeux sont plantés droit dans les miens.

Deux mille ans de compassion pour l'homme.

Une éternité d'amour pour moi.

Ce sont les yeux qui se sont posés sur moi, une seconde, une seule petite seconde le jour où je me suis mis à courir derrière un petit cul moulé dans un short de plage blanc.

Elle dit : il va falloir que tu fasses quelque chose pour moi.

60.

Elle dit : il va falloir que tu sois fort.

Et encore : sais-tu à quoi ressemblent les derniers sacrements ?

Elle dit : une bénédiction, ça a l'air de quoi ?

Et : pour donner l'absolution, il faut croire en quelque chose de très puissant, non ?

Je trempe un doigt dans le sang de Christine. Au nom du père, du fils et du Saint-Organe. Quatre marques rouges sur les points cardinaux de son visage.

Dieu, un maquereau.

Elle dit : je veux que la mort ait ton visage.

Elle ajoute : tu n'auras pas à dessiner sur mon corps les contours de sa silhouette. Il me suffira de me souvenir de toi.

Fais-le.

Fais-le.

Fais-le.

J'aimerais pouvoir dire non, mais ma langue qui pourrit m'en empêche.

Mon bras mort, il m'interdit de la serrer fort.

Lui obéir, c'est tout ce dont je suis capable.

Alors je plaque ma main valide sur sa bouche. Mon pouce et mon index sur ses deux narines. Sous ma paume, un sourire se déploie.

Christine ne complote plus.

Elle meurt.

Je grimpe sur le corps affolé l'anatomie paniquée la montagne de chair secouée de soubresauts. Avec mes jambes, j'immobilise ses bras. Je ne pense plus à rien. Les battements frénétiques de ses membres, je me les dissimule à l'aide d'un grand vide intérieur. Ses gémissements de terreur, le néant qui m'envahit les camoufle parfaitement.

Christine meurt, et je parviens à ne pas crever de douleur.

Je garde ça pour plus tard.

61.

Je suis en vie, mais plus tout à fait de ce monde.

De grands gaillards me malmènent régulièrement, parce qu'il y a dans les yeux que je pose sur le short immaculé de leur gonzesse deux mille ans de désir perdu.

Une éternité d'infinis regrets.

Vous êtes vivants, mais vous ne le savez même pas.

Vous êtes ce grand gaillard qui me fait cracher mes dents, vous êtes la fille et son petit short blanc.

Vous n'êtes pas là, vous êtes dans vos petits appartements proprets, en train de border vos enfants, de regarder la télévision, de faire l'amour, la vaisselle, la sieste, vous êtes dans mon immeuble, dans celui d'à côté, dans celui d'en face, vous êtes dans ma rue, dans ma ville, dans mon monde.

Vous êtes dans mon monde et vous ne me connaissez pas.

Vous êtes dans mon monde et vous avez manqué Christine.

Sombres crétins. Vous avez manqué le meilleur.

Remerciements à :

Julie Oguez, pour son soutien permanent
Brigitte Harris, Guy Monnehay, Juliette Monnehay
Julie Grelley, Gregory Bernard, Olivia Mouriès,
Johann Bertelli, Aude Mee.

Composition IGS
Impression Bussière, octobre 2006
Éditions Albin Michel
22, rue Huyghens, 75014 Paris
www.albin-michel.fr

ISBN 2-226-17334-X
N° d'édition : 24912. – N° d'impression : 063854/4.
Dépôt légal : août 2006.
Imprimé en France.